我亲自体会到了古典诗词里面美好、高洁的世界。
我希望能为年轻人打开一扇门，
让大家走进去，把不懂诗的人接引到里面来。
岁月不居，时节如流，
只有内在的精神和文化方面的美，才是永恒的。

——叶嘉莹

寸心如水月——李清照词

叶嘉莹／主编　李宏哲／注

中国友谊出版公司

目录

枕上诗书闲处好，门前风景雨来佳

李清照词·上卷

天接云涛连晓雾，星河欲转千帆舞

李清照词·下卷

半笺娇恨寄幽怀，月移花影约重来

版本说明

本书以王鹏运四印斋所刻本《漱玉词》为底本，以汲古阁所刻《诗词杂俎》本为参照，并结合古今搜集、整理、校勘成果，对李清照词进行整理。四印斋所刻本《漱玉词》共50首，另附补遗8首；汲古阁所刻《诗词杂俎》本共收词18首。经过考证，对前人有争议的词作或风格不似易安所作者，一律不选，故最终收录词作49首。同时参考前人研究成果，结合所选词作的创作内容及李清照生平行迹对词作大致的创作时间进行判断，进而尽量按照创作时间前后顺序进行排列。

本书分题解和注释两个部分。题解部分一般先简要介绍作品的大致创作时间、地点和背景，之后尽可能以贴近作品本身风格的语言，对作品的创作手法、大概内容做简要梳理，并对一些化用、典故予以介绍。注释包括难读字词的注音，以及对疑难字词、专有名词，如人名、官职、制度等的释义。对于一些有出处或涉及传统文化背景的字词，会以原文引用或白话概括的方式进行简单介绍，方便读者理解。

本书在编写过程中还参考了以下文献书籍：人民文学出版社1979年版王学初校注的《李清照集校注》、齐鲁书社1981年版黄墨谷的《重辑李清照集》、上海古籍出版社2002年版陈祖美撰《李清照诗词文选评》、中国社会科学出版社2013年版陈祖美的《〈漱玉词〉笺译·心解·选评》、上海古籍出版社2018年版徐培均的《李清照集笺注（修订本）》等。

花自飘零水自流，一种相思，两处闲愁。

李清照词·上卷

枕上诗书闲处好，门前风景雨来佳

从性别与文化谈女性词作美感特质之演进

早期歌辞之词作为歌酒筵席中的一种艳歌，自非良家妇女之所敢轻易染指；但词之发展，在晏、欧、苏、秦诸家手中，既对其意境有了相当的提升和扩展，使之超越了娱宾遣兴的歌辞之性质，进而成为一般士大夫可以借之以抒写个人情意的一种新的诗歌体式。于是在特殊环境与特殊人物的因缘凑泊之下，相继于我们曾讨论过的“歌伎之词”与“不成家数的妇女哀歌”之后，乃终于成就了足以成家的两位女性词人。那就是在词史中足以睥睨男性作者的李清照和勇于追求真爱而为当世所不谅的朱淑真。下面，我们便将其中的一位李清照，放在性别文化与词之美感特质的发展中，略加论述。

李清照自号易安居士，《宋史·艺文志》著录其作品有《易安居士文集》七卷、《易安词》六卷。虽然《宋史·艺文志》所著录的李氏原著早已失传，但仅就其既有别号，又曾刊印有多卷著作而言，固已足可见出李氏之大不同于当时之一般妇女矣。因为在传统社会中既原以“无才”为女子之“德”，所以即使是具有相当才慧的妇女，也难以获致足以培养其才慧和展现其才慧的环境与机会。至于在妇女文学史中，偶然得有姓名流传后世者，即如建安时代之蔡琰，虽然以“博学有才辨”著称，但其所流传下来的作品，也不过只有《悲愤诗》等几首哀歌而已。至于撰写《女诫》七篇的班昭，则虽有续成《汉书》之才之学，但她既清楚地认识到了在传统文化中女子之处于弱势之地位，而且曾提出了“卑弱第一”之训诫，以作为其诸女的自我保全之道，故其平生亦雅不欲以文学自显，虽然她在晚年曾经因随其子赴陈留任所而写有《东征赋》，又曾经因代其兄班超乞还而写有《为兄超求代疏》，而凡其所作盖莫不以述德及应用为旨，并不以炫露才名为事。故其传世之作，亦不过仅有寥寥数篇而已。

至于李清照的出现，则似乎乃是中国妇女文学史中，第一个具有想要以创作来肯定自己，而且更有着想要与男性作者一争短长之意念的女性作者。关于李氏的此种争强好胜之性格，我们在其所自撰的一些叙写中，就可以得到证明。即如李氏在其所撰的《金石录后序》中，就曾写有她与其夫赵明诚当年坐归来堂校书时，常以“饮茶先后”“角胜负”的故事。又曾在其所撰的《打马图经序》中自叙说：“予性喜博，凡所谓博者皆耽之。”更自谓其所以作此《打马图》，乃是欲“使千万世后，知命辞打马，始自易安居士也”。从这些叙述中，其争强好胜欲与男性作者一争短长之性格，固已可窥见一斑。

何况在宋代胡仔所写的《苕溪渔隐丛话》中，还曾载有李氏之一篇《词论》，虽然有人因其仅见于笔记之记述，以为未可尽信，但胡仔与李清照时代相近，其所载《词论》中的论词之见，与李清照之词风亦颇相符合。最明显的一点是李清照所提出的“词别是一家”之说。我们可以明白看到的，是李氏在经历了国破家亡的靖康之变以后，她在诗文中都曾写出过不少激昂慷慨之句，但在她的词中却绝无此类风格之作，所以私意以为胡仔书中所引述的李氏这一篇《词论》应该还是可信的。而且在此一篇《词论》中，李清照对于五代、北宋以来的诸名家之作，都曾大加臧否，这也足以与我们在前文所述引的李氏之争强好胜的性格相为印证。李氏的此种作风，自然是对传统的性别文化所加之于妇女之约束的一种突破，其引人注目自不待言。所以宋人笔记中有关李氏的记述甚多，真可以说是“名满天下，谤亦随之”。

在此纷纷的毁誉之中，其取毁之故则大多与传统文化中之所谓“妇德”有关。最具代表性的，我们可以举王灼《碧鸡漫志》中的一段话为例证，谓：“易安居士，京东路提刑李格非文叔之女，建康守赵明诚德甫之妻。自少年便有诗名，才力华赡，逼近前辈，在士大夫中已不多得，若本朝妇人，当推词采第一。赵死，再嫁某氏，讼而离之。晚节流荡无归。作长短句，能曲折尽人意。轻巧尖新，姿态百出。闾巷荒淫之语，肆意落笔。自古缙绅之家，能文妇女，未见如此无顾藉也。”从这段话来看，李氏之“才力华赡”“词采第一”固早为当时之所肯定。

至其受讥议之两点，则大多与“妇德”有关。第一点是改嫁之问题，宋人笔记中对此多有记述，而明清以来则又多有为之辨正雪诬者，直至现代其争议仍未全歇。但此种争议，私意以为无论其意见之为正为反，实在都可以说是出于性别文化中对妇女之一种歧视。证之于男性作者妻亡再娶之从无议者，则李氏之曾否再嫁，实不足议。何况本文主旨乃在讨论女性词作之美感特质，李氏词中既全无对再嫁之情事的反映，故此一争议自可置之不论。

至于第二点其词作中的语言之被讥为“无顾藉”的问题，王灼则并未曾举出词语之实例为证。以意测之，李氏词中言语之可以引致此类讥议者，盖有两种情况：一类是故作娇痴邀人爱宠的作品，如其《浣溪沙》（绣面芙蓉一笑开）一词中之“眼波才动被人猜”，及其《减字木兰花》（卖花担上）一词中之“云鬓斜簪，徒要教郎比并看”等句；另一类则是写相思闺怨的作品，如其《醉花阴》（薄雾浓云愁永昼）一词中之“玉枕纱橱，半夜凉初透”，及其《凤凰台上忆吹箫》（香冷金猊）一词中之“被翻红浪”等句。其实若将此一类作品与《花间集》

中一些男性作者所写的艳词相比较，则《花间集》艳词之轻薄露骨，固较李氏超过数倍而不止，何况若就相关语境而言之，则李氏写词之对象及读者，原来就是她自己的丈夫，则其故作娇痴之语，甚至以“枕”“被”入词，固应正为闺阁之情的一种真诚表述。王灼之以“无顾藉”相讥议，且在其上加上了“缙绅之家，能文妇女”之界定，其为性别文化中对妇女之一种歧视，自然也是明白可见的。不过本文主旨并不在讨论性别文化中之妇女是否遭受歧视之问题，本文所要讨论的乃是女性词作之美感特质的问题。下面我们就将对李清照词何以有此成就之原因及其美感特质何在之问题一加探讨。

先说李清照词何以有此种成就之原因。盖正如本文前面所言，在过去传统文化对女子之才慧的约束及压抑下，作为一个女子而要想有作品传世，且足以成名成家，则必有待于特殊人物与特殊环境的因缘凑泊而后可。李清照生而有过人之才慧及争强好胜之性格，这自然是其所以能有如此超越一般女性之成就的属于其个人的重要因素。但仅有个人之因素则仍有不足，更可注意的是李清照还具有了两种重要的环境之因素。其一是属于幸运的环境之因素，李氏既幸得生而为李格非之女，使其幼少年时代就在文化薰习之中得以饱读诗书，为其以后之创作奠下了良好的基础；又幸得嫁而为赵明诚之妻，其相知相得之乐，我们通过她所写的《金石录后序》，千载之下犹可想见，因而也就使李清照留下了不少使人赏爱的闲情闺思之作。这较之陆游之前妻及戴复古之外妻的连一篇完整的词作都未能流传下来的情况，李清照之终能成名成家，其幸运的环境之因素自是不可忽视的。

不过李清照若是仅有早期之幸运的环境之因素，而未曾经历其后期之不幸的环境之因素，则其所作之词如本文前面所举的《浣溪沙》《减字木兰花》《醉花阴》及《凤凰台上忆吹箫》诸作，虽然也写得生动真切，不乏清新之思与灵巧之句，但其意境却终嫌不够深厚。私意以为“意境”与“情境”不同，“情境”所指的应是较为现实的感情及事件，而“意境”之所指则应是具含一种足以引人深思、生言外之想的意蕴。写到这里，我们就不得不回头一看前文我所留下的一段未尽之言了。前面当我们提及李清照之《词论》时，曾谈到所谓“词别是一家”之说，私意以为“诗”与“词”两种文体，既有形式之不同，亦有内容之不同，更有本质之不同。

李清照《词论》开端首先举出了“李八郎”“能歌擅天下”为说，更提出了“五音”“五声”“六律”之分，可见其所注意者乃是诗与词在声律、句法方面的外表形式之不同。其后又提出了“晏元献、欧阳永叔、苏子瞻”诸家，“作为小歌词”，“皆句读不葺之诗耳”。更谓“王介甫、曾子固，文章似西汉，若作一小歌词，则人必绝倒，不可读也”。最后乃下为结论说：“乃知词别是一家。”此一段所论，自应乃是指词与诗在内容及风格方面之差别而言的。

前文曾论及靖康之变后，李氏诗中有不少慷慨激昂之作，而其词中则绝无此种言语，即可为此一论点之明证。而殊不知诗与词之区分，除去外表之声律句法及外表之内容与风格外，还应有更重要之一点，那就是词之为词自有一种独具的美感之特质。关于此点，私意以为与李清照时代相近的另一位作者李之仪，虽未曾撰写任何专论，但却对此种特质颇有体悟。他在《跋吴思道小词》一文中，便曾明白提出说："长短句于遣词中最为难工，自有一种风格。"又说："晏元献、欧阳文忠……以其余力游戏，而风流闲雅，超出意表，……语尽而意不尽，意尽而情不尽，岂平平可得仿佛哉？"此一段话，颇能道出词之意境的一种幽隐深微之特美。只不过此文只是李之仪为友人所作之小词而写的一篇跋文，既非论词之专著，所以在当日并未引起任何人的注意。而且北宋之世，当时一般写词及论词之人，也似乎都未曾有见于此。如此直至明代，一般词人对于词的此种美感特质，也仍然未能有明白之体认。直到清代的张惠言，在其《词选·序》中，正式提出了"意内言外"之说，似乎才引起了人们的注意。张氏本人也许对词之此种特美确有体悟，但他用"意内言外"解释"词"之字义，本嫌牵强，何况他并未找到恰当的词语来说明此种特美，遂不得不将之比附于诗骚之比兴寄托，而且有意对五代、两宋之词加以深求，以牵强比附为说，所以乃终于招致了不少讥议。其后王国维的《人间词话》又提出了"境界"之说，而"境界"一词也仍嫌含混不明，依然引起了不少争议。不过词这种文体之确实以蕴含一种幽隐深微之意境为美，则是无可置疑的。清代的诸位词论家如周济、谭献、陈廷焯等人，就都是对此种特美有所体悟的人。

至于李清照既早生于北宋之世，她对于此种特美之未能有所体认，这自然是可以谅解的。所以她所提出的“词别是一家”之说，也不过只限于词之外表的声律、词之外表所写的情意及其外表的风格与诗之不同而已。因而她在《词论》中之所评骘的，遂只限于诸家词外表之风格，如其论晏叔原词之“无铺叙”，贺方回词之“少典重”，秦少游词之“专主情致而少故实”云云，凡此种种，盖皆就其外表词语所表现之风格为说，而于诸家词之意境则无一语触及。尤其是她对晏元献、欧阳永叔、苏子瞻诸家词之评论，乃但讥之为“句读不葺之诗”，而对此诸家词之意境的深微高远的微妙之处，则竟然一无所见，这实在不能不说是李清照对词之认知的一大缺憾。

不过，理性上知解此种特美是一件事，创作上是否能达致此种特美，则是另一件事。就一般从事于词之创作与评说的人而言，能够体悟知解此种特美的人本就极少，体悟此种特美而能以言辞适当阐释说明者更少，能以言辞说明而且能在创作中实践者，当然就更为罕见了。

不过，反过来看，则是对此种特美本无理论知解之人，反而有时也能因其性情修养或生活经历，而竟然于无意中达致了此种意境。就以李清照而言，她对此种特美可以说并无理论上之认知。她的一般作品所追求者，盖亦不过如前引王灼之所言，“作长短句，能曲折尽人意。轻巧尖新，姿态百出”而已。不过李清照既生而具有才力敏慧过人的优势，又因身为女性而有着纤柔细腻的感受和情思，所以确实曾经写出了不少男性作者所未曾有过的清词丽句。诸如“宠柳娇花”“绿肥红瘦”“被冷香消新梦觉”“人比黄花瘦”之类，这些佳句固早已传诵众口，昭昭在人耳目，自不须在此更为辞费。私意以为，李清照词所更值得注意者，实在应该乃是她在靖康之难中亲身经历了破国亡家之巨变以后的一些作品。早在我撰写“良家妇女之不成家数的哀歌”文稿时，就曾提出说：“一个女子若想写出既具深度又具广度的作品，乃必须遭遇一种双重的不幸，也就是说，不仅是个人之不幸，而且还需要结合大时代的国家之不幸，如此方能造就一个妇女成为伟大的作者。”

就李清照而言，当靖康二年徽、钦二宗相继被俘北去之时，她的年龄是四十四岁。是年，赵明诚曾起知江宁府。未几，金人陷青州，赵氏青州故第所保存之书册文物“凡所谓十余屋者”，乃皆“为煨烬矣”。再次年，赵明诚罢知江宁，被旨知湖州，是年八月明诚至行在，“途中奔驰，冒大暑，感疾”，李清照自池阳奔往视疾，月之十八日明诚病殁。时清照年四十五岁。自此以后，清照曾一度依投明诚之妹婿于洪州，而未几金人又陷洪州。时清照有弟“任敕局删定官，遂往依之”，而“到台，台守已遁”。在当时，李清照曾追随行朝，流离辗转于浙东各地，且曾一度“雇舟入海”，又曾遭受“玉壶颁金”之诬。其后至会稽，“卜居土民钟氏舍”，一夕被盗，其所仅存之书册文物又大部失落。以上所叙，皆见于清照所撰之《金石录后序》，在此文结尾处，清照曾自慨云：“余自少陆机作赋之二年（按清照归赵明诚时年十八），至过蘧瑗知非之两岁，三十四年之间，忧患得失，何其多也。”

从以上根据清照自叙的靖康难后其流离辗转的生活来看，她的词中应写有不少离乱悲慨的作品才是。但我们今日所见的易安词中则完全没有正面写及乱离之作，这自然与她认为“词别是一家”的观念有关。但她毕竟亲身经历了战乱流离，而且她的才慧过人，所以她乃独能以其过人之才慧与女性之锐感，在并不正面触及乱离的小词之写作中，透过一些极为纤细锐敏的女性之感觉与情思，而隐现了一份离乱沧桑之痛，因而达致了词之幽隐深微的一种特美。私意以为这一类作品，应该才是易安词中最值得注意的一种特殊的成就。

下面我就把我所认为她的词中之特别具有词之幽隐深微之意境者，抄录几首下来一看：

（一）南歌子

天上星河转，人间帘幕垂。凉生枕簟泪痕滋。起解罗衣，聊问夜何其？　　翠贴莲蓬小，金销藕叶稀。旧时天气旧时衣，只有情怀不似旧家时。

（二）永遇乐·元宵

落日熔金，暮云合璧，人在何处？染柳烟浓，吹梅笛怨，春意知几许。元宵佳节，融和天气，次第岂无风雨？来相召、香车宝马，谢他酒朋诗侣。　　中州盛日，闺门多暇，记得偏重三五。铺翠冠儿，捻金雪柳，簇带争济楚。如今憔悴，风鬟霜鬓，怕见夜间出去。不如向、帘儿底下，听人笑语。

（三）渔家傲

天接云涛连晓雾，星河欲转千帆舞。仿佛梦魂归帝所。闻天语，殷勤问我归何处。　　我报路长嗟日暮。学诗谩有惊人句。九万里风鹏正举。风休住，蓬舟吹取三山去。

先看第一首《南歌子》，这首词初看起来，并不见有什么特别出色之处，开端两句似亦不过泛写闺阁庭院中所见的一般秋宵凉夜中的寻常景物而已。盖以在唐人诗作中，写天上之星河及人间之帘幕屏风者，原非鲜见，即如杜牧之《秋夕》一诗，即曾写有“银烛秋光冷画屏，轻罗小扇扑流萤。天阶夜色凉如水，卧看牵牛织女星”之句；李商隐的《嫦娥》一诗，也曾写有“云母屏风烛影深，长河渐落晓星沉。嫦娥应悔偷灵药，碧海青天夜夜心”之句。可见李清照此词首两句所叙写者，固应本为闺阁庭院中所见之寻常景物。所以在《易安词》的一些附有辑评及参考资料的版本中，此一首词所附之资料，除注释及校记等材料外，竟不见前人评说之语。此较之清照之其他名作如《声声慢》（寻寻觅觅）之附有资料二十八则，《醉花阴》（薄雾浓云）之附有资料十九则及《念奴娇》（萧条庭院）之附有资料十七则等名篇而言，此一首词之未被一般读者所欣赏和注意自可想见。

只是我个人却对这首词有一种特别的赏爱，这可能与我童年时在北京旧家庭院中的生活环境有着密切的关系。我的老家是一所有三重院落的大四合院，中间一重的院落颇大。每当夏天的夜晚，我就会随着家人们搬一些椅子或小凳，甚至是躺椅或竹席，坐卧在院中乘凉，一边指认着天上的星辰，一边背诵一些唐人的小诗。“卧看牵牛织女星”和“长河渐落晓星沉”等，就都是那时经常吟诵的诗句。而每当我注意到天上北斗和银河的方位逐渐转变了的时候，天气就也逐渐转凉了。这时老一辈的家人就会叨念起北京的一句俗语说：“天河掉角，要穿棉袄了。”于是我们也就不再在院中乘凉，而且还把原来在夏天悬挂在房门前的可以舒卷的竹帘摘下，换上了沉重而下垂的棉帘。而也正是这种寻常景物，当时曾给予了我很强烈的时序推移、节候如流的感受。当然，我当年所有的只不过是一个天真少女的节候之感而已，但当年的感受却在我历经忧患以后重读李清照这两句词时，给了我很大的震撼。私意以为，李清照所写者表面看来虽然也只是闺阁庭院中的寻常景物，但她却在一句“天上”与一句“人间”的空间之对举，和一个“转”字与一个“垂”字两个表示节候转变的动词之联举中，表现出了一种笼罩天地的无可逃避也无可挽留的永逝无常的哀感。然后在下一句她却以女性的极为柔细的感觉，把这种笼罩天地的永逝无常的哀感归结到了自己所处身的一床枕簟之上。而枕簟上的凄寒孤寂之感，则是最为切身的感受。李商隐在诗中就曾经写有“只有空床敌素秋”和“欲拂尘时簟竟床”之句，朱彝尊在回想起当年一段苦恋时，也曾写有“小簟轻衾各自寒”之句。而李清照在此词中写难耐的凄寒之感却只用了委婉的“凉生”二字，写破国亡家后的悲哀也只用了“泪痕滋”三字。“泪”而只曰“痕”曰“滋”，其中本应有多少难言之痛，而最后她却只写了一句“起解罗衣，聊问夜何其”，把所有长夜无眠的悲苦，都只借用了《诗经》的“夜何其”三个字轻轻带过。真是含蓄蕴藉之极，盖正有如陈廷焯所云“发之又必若隐若现、欲露不露，……终不许一语道破”者。

至于下半阕开端的“翠贴莲蓬小，金销藕叶稀”二句，表面看来其所写者盖也不过只是秋天的寻常景物而已。“翠”之色固应指“贴”水之莲蓬；至于“金”则应并非指颜色，而是指秋季之节令“于时为金”，而秋气之“金”则有肃杀之气，故曰“销”，在此肃杀秋气中，所以“藕叶”乃有凋落稀疏之感，故曰“藕叶稀”也。这本是极易理解和想见的眼前景物，但后面所接的“旧时天气旧时衣”一句，则使得前面两句写气候节令的语言，都立刻与“衣”相连，而有了双重的意蕴。于是前面一句的“翠贴”二字也立刻除了莲蓬贴水之联想以外，而有了衣服之“贴绣”的含义。而次句之“金销”二字也立刻除了时令之“金”的消亡凋落的联想以外，而有了衣服上之金线的破损零落的含义。

我对这两句词的情境，也有一种极亲切的回忆。原来我家既是故都之旧家，家中一些箱柜中一直存放有很多先辈旧存的衣物。其中有所谓“贴绣”者，盖如后世俗称“补花”的一种女红，是把一些材料剪裁为各种花样而贴绣在衣服上的一种装饰。而这些装饰往往周边都是用金线固定在衣服上的。我就亲眼见过这些金线脱落的旧日的绣衣。于此，我们若再一回顾前两句的“翠贴莲蓬小，金销藕叶稀”，则在此景物节候依然，而旧衣之贴绣则半皆脱落之情境中，固应有多少“物犹如此，人何以堪”的今昔沧桑之感。所以李清照在其另一首《武陵春》（风住尘香花已尽）的词中，就曾明白写出过“物是人非事事休，欲语泪先流”的句子。只不过这一首《南歌子》词的结尾却写得更为委婉、含蓄，在“旧时天气旧时衣”的今昔哀感中，只是平平地做了一句叙述，“只有情怀不似旧家时”，全无伤感泪流的字样，而其哀感乃尽在言外。所以私意以为这一首《南歌子》词，虽在过去未曾引起人们的重视，却实在应是易安词中最具有如我所说的词之幽隐深微之特美的一篇作品。

其次，再看她的《永遇乐》（落月熔金），这一首词在王学初的《李清照集校注》一书中，曾将参考资料归纳为七则，计有《贵耳集》一则、《须溪词》二则、《词源》一则、《词品》一则、《少室山房笔丛》一则、《赌棋山庄词话》一则。但各则中辗转引录者，则多至十则以上。可见这一首词固应是极为世人所注意和赏爱的一篇作品。至于他们所称赏者何在，则大别之可分为两类。

一类是称赏其词语者，如《贵耳集》曾称赏其“染柳烟浓”三句，以为“气象更好”。又称其下半阕之“如今憔悴”三句，谓其“以寻常语度入音律。炼句精巧则易，平淡入调者难”。又如《赌棋山庄词话》引张鉴 之《姜夔传》评论两宋词人曾称李清照此词首二句“虑周而藻密”。以上众人之所赏者固非虚誉。而另一类则是有关其内容者。此词题曰“元宵”，后半阕换头之处全写当年北宋汴京元夕之美景良辰，渡江南来的词人读到这首忆往之词，自不免会产生许多今昔之悲慨。这自然也是这一首词在后世之所以被人盛称的一个原因。即如南宋末年之词人刘辰翁就曾用同调《永遇乐》写过两首“上元”词，第一首前有一篇小序云，“余自乙亥上元（按乙亥为南宋恭帝德祐元年）诵李易安《永遇乐》，为之涕下。今三年矣，每闻此词，辄不自堪。遂依其声，又托之易安自喻，虽辞情不及，而悲苦过之”云云。第二首前也有一篇小序云，“余方痛海上元夕之习，邓中甫适和易安词至，遂以其事吊之”云云（按邓词未见传世，须溪词亦仅有前一首收入《全宋词》中，后一首则见于《彊村丛书》本之《须溪词》，有“灯舫华星，崖山矴口，官军围处。璧月辉圆，银花焰短，春事遽如许”之句）。盖当时南宋之危亡已近在眉睫之间，故刘辰翁乃有如此悲慨之言也。据此可知易安此词之所以传诵众口固应有以上的两种原因。

然而却也有人曾对这一首《永遇乐》颇有微词，即如张炎《词源》论及咏节序之作时，就曾谓：“李易安《永遇乐》云‘不如向帘儿底下听人笑语’，此词亦自不恶，而以俚词歌于坐花醉月之际，似乎击缶韶外，良可叹也。”这自然是对易安此词之俚俗表示不满者（此种情况，我将留待以后论及易安《声声慢》一词时，再加详述）。不过无论后人对此词之为毁为誉，其曾经传诵众口则是无疑的。近年之编选宋词或写为欣赏之论述者，亦多录有此词。只是我自少年时诵读此词就有一点疑问，却一直未见有人言及者，那就是在上半阕写到“元宵佳节，融和天气”的良辰美景之时，何以却突然承接了“次第岂无风雨”之句，未免显得突兀不伦。这实在完全不合于一般作词之章法，所以我每读此词，对这一句就会感到疑问。如今仔细研读李清照之生平，私意以为此二句实应包含有极为深隐的一份言外之意。而其所以引生我的言外之意的联想，则是由于一则宋人的笔记。

原来宋人庄绰之《鸡肋编》中卷，曾有一则与李清照家世有关的记述，谓“岐国公王珪在元丰中为丞相，父准、祖贽、曾祖景图，皆登进士第。其子仲修，元丰中登第”云云，历叙其家世之盛，继之更及其戚族之盛云：“汉国公准子四房，孙婿九人，余中、马珫、李格非、闾丘吁……曾孙婿秦桧、孟忠厚同时拜相开府，亦可谓华宗盛族矣。”《四库提要》谓《鸡肋编》“可与后来周密《齐东野语》相埒，非《辍耕录》诸书所及”，可见其记载当属可信。据此则李清照与秦桧固当属姑表之亲。也就是说李清照之母王氏应是王准之孙女，按辈分应是秦桧之妻王氏的姑母。至于《宋史·李格非传》则谓其“妻王氏，拱辰孙女”，据黄盛璋《赵明诚李清照夫妇年谱》谓“《宋史·李格非传》多本王称《东都事略》”，但《东都事略》卷一一六《李格非传》并无一字及于其妻王氏者，不知《宋史·李格非传》有关其妻为王拱辰孙女之所出。至于庄绰《鸡肋编》则对于王珪之家世及诸孙婿与曾孙婿之记叙颇详，自非无稽之言。然则李清照与秦桧妻王氏固当为姑表姐妹也。此一首《永遇乐》词上半阕曾有“来相召、香车宝马”云云，可见“来相召”者，固当是极为贵显之人。以此推想，则李氏之“次第岂无风雨"之言，固应深有讽喻之意，绝非突兀之句也。此内含之深意既明，我们现在就可以对此一首《永遇乐》词略作深入之赏析了。

此词开端"落日熔金，暮云合璧"自是佳句，前文引张鉴称此二句"虑周而藻密"，仍嫌泛泛。此二句佳处一在其气象高远，全从远天遥空之暮色写起，而"熔金"与"合璧"之偶句，则又写得极为贵重而工丽。此种佳处已属难得，而更可注意者则是其"合璧"二字实乃暗用古诗"日暮碧云合，佳人殊未来"之句，其所暗示的正是国破家亡，其夫赵明诚已经长逝不返的一份极痛深哀。故继之乃以"人在何处"一个四字的单句，点明了其人未来、所思不在而人事全非的悲慨。下面的"染柳烟浓，吹梅笛怨，春意知几许"，同样是两句偶句和一个单句。偶句写景色，暗示元宵的早春节候，写"柳"而曰"染柳烟浓"，是柳叶虽未全展但在烟霭中已可见轻微之绿色。写"梅"而曰"吹梅笛怨"，则是因笛曲中有《梅花落》之曲调，暗示梅花之已经零落，正是冬去春来元月中之节候，故在此偶句后乃用了一个单句而结之曰，"春意知几许"，将节候明白点出。此开端六句，叠用两偶一单，两个偶句之对偶都写得极美，这正是这一首词最得人赞美之处。两个单句作结，而一为四字句，一为五字句，整齐中有变化，虽说这是《永遇乐》此一词调的基本格式，但李清照却确实用得极好，把形式方面的骈散句法与内容情意做了极为完美的结合。

有了如此既具气象又极工致且极富感发的开端，以下才进入这首词所写的主题“元宵”，曰：“元宵佳节，融和天气。”如此欢庆之佳节，如此美好之天气，本应带给人一片欢乐才是，而李清照却陡然笔锋一转，写出了“次第岂无风雨”一句大煞风景的话。若曰无意，其谁信之？我在前文之所以提出此句引人生讽喻之想，除去李清照与秦桧之妻王氏的一重姑表关系以外，还有“风雨”二字固早自《诗经》的《郑风·风雨》之篇也早就被赋予了讽喻之意。

至于南渡后之庆赏元宵，盖主要自绍兴八年定都临安以后。而正是在这一年，秦桧被任为尚书右仆射、同中书门下平章事。两年后岳飞被赐死，南宋偏安之局遂定。而秦桧日益得势，粉饰太平，屡上贺章，甚至李清照亦曾被推荐写有节日祝贺之《帖子》多篇。据周密

《浩然斋雅谈》之所记叙，此诸《帖子》盖写于绍兴十三年之间。意者李清照此一阕《永遇乐·元宵》词，或即为此一段时期之所作。以李氏之性格原有逞才好胜之一面，是以因亲友之请而写有向皇室祝贺之帖子自无足怪。但其性格之另一面，则亦颇有忠义劲直之概，这在其许多诗作中都可得到证明。即如其《乌江》一诗，就曾写有"生当作人杰，死亦为鬼雄。至今思项羽，不肯过江东"之句；其《上枢密韩肖胄》（其一）诗也曾写有"欲将血泪寄山河，去洒东山一抔土"之句；而其《浯溪中兴颂诗和张文潜》（其二）及另一首失题之词，则写有"君不见惊人废兴传天宝，中兴碑上今生草。不知负国有奸雄，但说成功尊国老"，及"南渡衣冠少王导，北来消息欠刘琨"之句，都可见出她对于当时苟且偏安之风气的不满。不过她既然对词存有一个"别是一家"的看法，所以在词作中从来未曾写过这一类奋发豪迈之句。但这一首词中的"香车宝马"之对显贵的形容，固正可以与此词前面所写的"次第岂无风雨"的突兀之句相辉映，反讽之意自在言外，所以用"谢他"二字表示了对那些乘坐着"宝马香车"的"酒朋诗侣"们之邀请的一种谢辞之意。以上前半阕，从开端的气象景物中所透露的人事之全非与时节之变易转入元宵佳节时贵显的邀请，其叙写都是充满了幽约深隐的讽喻之意的。

下半阕则笔锋一转，反过来写当年她对于北宋盛世之元宵佳节之美景良辰的回忆。“中州盛日”是国家当年的升平安乐的美好时世，“闺门多暇”是自己当年青春年少时美好的生活。“记得偏重三五”正写当年“元宵”佳节之被人们所重视。而以李清照之争强好胜、充满游兴的性格，自然不会令此一佳节空过。所以，接着就写出了作为一个女子的种种爱美要好的衣物和装饰。“铺翠冠儿，捻金雪柳”就都是当日妇女的流行头饰。宋朝曾慥编的《乐府雅词》，在其《拾遗》卷上所收录的一首不知名氏的《南歌子》词中，描述一个美丽的女子，就曾有“偏他能画斗头眉，戴顶烧香铺翠、小冠儿”之句。可见有“铺翠”为饰的发冠乃是当日流行的衣饰，而所谓“铺翠”者，则是指当时一种以翠羽为装点的饰物。至于“捻金雪柳”，则宋朝孟元老之《东京梦华录》及周密之《武林旧事》中皆有记叙，谓元夕节物有“玉梅、雪柳”等，雪柳之精美者捻有金线之装饰，故曰“捻金雪柳”。“簇带”是说装戴之盛多，周密《武林旧事》卷三

《都人避暑》一则，曾记述妇女插戴茉莉花之盛多云："妇人簇带，多至七插。""济楚"是说美盛动人之貌，柳永《木兰花》（心娘自小能歌舞）一词，就曾写有"举意动容皆济楚"之句。着一"争"字，则是李清照自写其年少之时好与人争妍斗盛的一种爱美要好之心情。然后紧接下句的"如今憔悴"，造成了强大的盛衰之对比。"风鬟霜鬓"正是呼应着前面所写的"铺翠""捻金"之种种头饰之精美用来反衬如今老去，髻鬟不整，两鬓霜华的憔悴衰老的形容。所以说"怕见夜间出去"，正因回想当年元夕华灯之下的盛装争妍的往事，真有不堪回首的伤痛。而李清照在如此强烈的盛衰今昔之对比下，却忽然用极为闲淡的笔法，写了一句"不如向、帘儿底下，听人笑语"的完全宕出去的结尾。于此，若回过头来再与此词开端的"落日熔金，暮云合璧"及"染柳烟浓，吹梅笛怨"等工丽的偶句相对照，就更可见到李清照的笔法之变化操纵之妙了。而也就是在这种变化操纵的对举之中，李清照深沉地写出了难以言说而收敛含抑的对于家国的一份伤今念往的深忧极慨。这自然也是李清照的一首富含远韵和深意的佳作。

叶嘉莹

◎如梦令

常记溪亭日暮，沉醉不知归路。兴尽晚回舟，误入藕花深处。争渡，争渡，惊起一滩鸥鹭。

题解

这是易安早期的词作，从词意看，当作于其少女时期。易安灵心蕙性，各期之作均是其生活经历的极好写照，展现出女词人的独特个性，并有灵气贯穿其间，是典型的性情之作。

“常记”两字，点明词人对此地是颇为熟悉的；而“不知归路”，又暗指词人沉醉之深。“兴尽”两字出自《世说新语》王子猷“乘兴而来，兴尽而返”，表现出少女贪玩的心态和直到尽兴方肯罢休的情状。她在无意间将船划到了荷花荡，离岸反倒愈来愈远。“误入”二字，衬托“沉醉”之深。忙乱之中，她的小船惊动了正在荷花深处栖息的水鸟。读者试着细品，脑海中不难浮现出一幅热闹的场面，这不光是风景如画，简直是宛如“动画”了！

这首词描绘了少女时期的词人的一次郊游活动，记录了其游览之间的兴致与感受，展现了词人当时无拘无束的生活状态和活泼的天性，给人以清新自然之感。两宋理学大盛，对民众尤其是女性的束缚千百年来为人所诟病，而曾处于北宋末年的李清照却以其词透露出一种鲜活的生命力，这种生命力是任何礼教都束缚不住的。

注释

- **溪亭：**一说此系济南七十二名泉之一，位于大明湖畔；二说此处泛指溪边亭阁；三说为济南城的一个地名。无论作为泉名还是地名，此处均可作济南的代指理解。
- **藕花：**荷花。唐·孟郊《送李翱习之》诗：“新秋折藕花，应对吴语娇。”
- **争渡：**一作“怎渡”解，意为怎样渡过河。另也可由字面理解为“争相渡过”，徐培均本作此解。后者更具活泼意味。

◎点绛唇

蹴罢秋千，起来慵整纤纤手。露浓花瘦，薄汗沾衣透。

见客入来，袜刬金钗溜。和羞走。倚门回首，却把青梅嗅。

题解

这首词是易安少作。词意化用唐代韩偓《偶见》诗："秋千打困解罗裙，指点醍醐索一尊。见客入来和笑走，手搓梅子映中门。"该词在韩诗的基础上，对原诗意进一步提炼净化，使之更加符合少女情态，表现了闺中少女的天真和娇羞。

"荡秋千"是唐宋仕女非常喜欢的一种游戏。词的上片写少女荡罢秋千的模样。她荡了一会儿秋千，觉得累了，于是懒懒地整理了一下纤纤玉手。明明是暮春时节"露浓花瘦"的清晨，她却渗出一层汗水，打湿了她轻薄的衣服。词的下片写出有客来访、少女回避时的娇态。在古代严格的礼教之下，女孩子是不允许衣衫不整、随便抛头露面的，故她只能羞怯而慌张地回避。但她又不想就这样回到沉闷的闺房中去，于是倚着门扉，转头嗅起了即将成熟的青梅。

词人用寥寥几笔就将一个活泼可爱的少女形象栩栩如生地呈现在读者面前。这首词告诉我们，真正的青春是扼杀不了的，不论在古代，抑或今天，它总要通过某种形式绽放生机。而易安就用她巧妙的文笔记下了这个灵动的瞬间。

注释

- **蹴：**踩，踏。
- **“袜刬（chǎn）”句：**慌张之间来不及穿鞋，金钗滑过松散的发丝掉落在地。袜刬，未穿鞋，只穿着袜子踩在地面上。刬，只，光着。溜，滑下。本句形象地显示出少女慌张的情态。
- **和羞走：**含羞小跑，形容少女娇羞的神态。和，带着。走，小跑。

◎浣溪沙

莫许杯深琥珀浓，未成沉醉意先融。疏钟已应晚来风。

瑞脑香消魂梦断，辟寒金小髻鬟松。醒时空对烛花红。

题解

从词意推测，该词为易安早期所作，时间当在北宋元符年间（1098—1100）。全词表现了闺中女子孤独无聊的情绪。

词的上片写词人独自饮酒，百无聊赖。她一方面想借酒浇愁，可还未小酌，便已有了酒醉时安恬的意态。酒的颜色如“琥珀”，足以使人心绪平和、恬淡。这时她又听见外面传来袅袅的钟声，一番忧思顿时涌上心头。这两句是化用唐代刘禹锡《酬令狐相公杏园花下饮有怀见寄》：“未饮心先醉，临风思倍多。”下片写酒醒后的情形，全用“逆挽法”，即先说酒醒后的所见，再点出酒醒。香料燃尽，金钗斜插，发髻松散，她从与爱人相会的梦中醒来，醒后的现实依然清冷无比。作者以缠绵百转的写作手法，表现了青春期少女复杂多变的心思。

注释

- **琥珀：** 指酒的颜色。唐·李白《客中作》诗：“兰陵美酒郁金香，玉碗盛来琥珀光。”
- **瑞脑：** 一种香料的名称，即“龙脑”。据唐·段成式《酉阳杂俎》记载，天宝末年，交趾向朝廷进贡龙脑香，宫中将其称为“瑞龙脑”。
- **辟（bì）寒金：** 一种金钗。据晋·王嘉《拾遗记》记载，当时的昆明国进贡一种嗽金鸟，会吐出像粟米一样的金屑。这种鸟害怕寒冷，于是其居住的小屋便被称为“辟寒台”。当时宫中的人争相以它吐出的金屑装点首饰，并将其称作“辟寒金”。
- **髻鬟：** 古代妇女发式，将头发环曲束于头顶。
- **烛花红：** 明亮的烛光。出自南唐·李煜《玉楼春》词：“归时休放烛花红，待踏马蹄清夜月。”

◎又

淡荡春光寒食天，玉炉沉水袅残烟。梦回山枕隐花钿。

海燕未来人斗草，江梅已过柳生绵。黄昏疏雨湿秋千。

题解

这首词作于易安早年时期，全词在表现词人对春天的喜爱的同时，又在喜悦中带有一丝惆怅，进一步表现了闺中女子的孤寂和无聊的心情。

初春阳光明媚，恰逢寒食节令，正是人间好时节。玉炉中即将燃尽的沉香余烟袅袅，徒增一丝惆怅。这种感觉是午睡醒后的无聊引起的。全词采用“逆挽法”，即最后一句才交代写作缘起，使人有恍然大悟的感觉。“山枕隐花钿”即首饰被枕头遮掩，说明词人是在百无聊赖中不得不进入睡眠，连首饰都来不及摘除。下片借景抒情，情由景生，隐约表达词人的心绪。燕子虽未飞回，但女孩子们已经开始玩“斗草”的游戏；梅花早已开过，柳树开始飘絮。黄昏时分，又下起了绵绵细雨，浸湿了女孩子常玩的秋千。用别人的热闹来反衬自己的孤寂，愈使人感到女主人公内心的落寞和孤寂。

注释

- **淡荡：** 温暖和煦的样子。
- **寒食：** 节令名。清明前一或二日为寒食。相传春秋时晋文公负其功臣介子推 。子推隐于绵山。文公悔悟，烧山逼令出仕，子推抱树焚死。后人同情他的遭遇，相约于其忌日禁火冷食，以为悼念。此后相沿成俗，谓之“寒食”。南朝梁 · 宗懔《荆楚岁时记》：“去冬节一百五日，即有疾风甚雨，谓之寒食，禁火三日，造饧 、大麦粥。”
- **沉水：** 香料名，即沉香。唐 · 李延寿《南史 · 夷貊上 · 林邑国》：“沉木香者，土人斫断，积以岁年，朽烂而心节独在，置水中则沉，故名曰沉香。”
- **山枕：** 古代枕头多用木、瓷等制作，中凹，两端突起，其形如山，故名。
- **花钿：** 一种用金翠珠宝制成的头面上的装饰品，形似花朵。
- **海燕：** 秋天燕子南飞，古人以为去往海上，故名。
- **斗草：** 古代一种以草赌输赢的游戏，指比赛采摘花草，根据多寡优劣来区分输赢，常于端午进行，多见于妇女、儿童之间。 南朝梁 · 宗懔《荆楚岁时记》：“五月五日谓之浴兰节，四民并踏百草之戏……即今人有斗百草之戏也。”

◎渔家傲

雪里已知春信至，寒梅点缀琼枝腻。香脸半开娇旖旎，当庭际，玉人浴出新妆洗。

造化可能偏有意，故教明月玲珑地。共赏金尊沉绿蚁。莫辞醉，此花不与群花比。

题解

这首为咏物词，作于词人少年时期，时居汴京。词人托物言志，借对梅花外形和精神的赞赏，既称许了梅花高洁的精神品格，又表现出自己脱身世俗的坦荡情怀。整首词巧妙地将梅花的形神美和词人的心灵美、情感美融于一体，含蓄动人，格调清新。

梅是春的使者，在百卉凋零、大雪纷飞之际，只有一枝寒梅傲然独放，故梅花常被文人看作品行高洁、不畏严寒的象征。梅花在落雪的梅枝上竞相绽放，使天地间重新有了生气。新绽的花朵，仿佛是新出浴的美人，香腮半开，娇美无匹。“玉人浴出新妆洗”一句，比喻新奇，别出心裁。月下的梅花，从来惹人叹赏。如南宋·姜夔《暗香》一词有“旧时月色，算几番照我，梅边吹笛”句，引发无数后来人的遐想，只因明月的清辉更加映衬出梅花的高洁。而既然有花，有月，又怎可无酒？于是词人举起酒杯，伴着明月，驻足赏梅。值此良辰美景，她说，不要推辞不胜酒力，要知道，梅花可是群芳无法比拟的！结句“此花不与群花比”，更加表明词人对梅花品格的肯定。

注释

- **春信：** 春天的信息。
- **琼枝腻：** 形容被雪花覆盖的梅枝滑泽细腻、洁白如玉的样子。腻，梅枝光滑、细腻。
- **旖旎：** 柔和美好的样子。
- **“玉人”句：** 指梅花初开娇艳动人，像美人出浴一般。唐·白居易《长恨歌》诗：“春寒赐浴华清池，温泉水滑洗凝脂。”
- **造化：** 大自然。
- **玲珑：** 明彻貌。南朝宋·鲍照《中兴歌十首》其四诗：“白日照前窗，玲珑绮罗中。”
- **绿蚁：** 酒初酿成时，滓浮如蚂蚁，故称“绿蚁”，后演变为酒的代称。唐·白居易《问刘十九》诗：“绿蚁新醅酒，红泥小火炉。晚来天欲雪，能饮一杯无？”

◎鹧鸪天

桂

暗淡轻黄体性柔，情疏迹远只香留。何须浅碧轻红色，自是花中第一流。

梅定妒，菊应羞，画阑开处冠中秋。骚人可煞无情思，何事当年不见收？

题解

这首词当作于易安少年时期。综观易安一生，其性格争强好胜，不让须眉，尤其是那篇有名的《词论》，对当时所有词人逐一褒贬，出语不让。本词以物喻人，咏物抒情，借桂花淡雅、高洁、柔和的品性特征来自喻，实际上表现了词人卓尔不群、不甘人后的气魄。

上片由形到神，点出桂花的不凡。起笔写桂花的形，给人直观的美感；接着又指出桂花内在的美好：情怀疏淡，行迹邈远，而香气悠长，常留人间。比起其他花卉，桂花颜色不够艳丽，但是词人认为它无须以外在的颜色标榜，其品性自然而然便是“第一流”的。“何须”“自是”两个虚词，洋溢着一种自信和豪情。词人在此借花描摹自己的卓尔不凡。下片通过对比，替桂花发出不平之鸣。它的香味、体性，足以使梅花嫉妒，秋菊惭愧，当为中秋之冠，但不知为何，传统文人只描摹梅菊，而冷落了它。词人欣赏桂花独特的美，替桂花鸣不平，这实际上正是词人自己个性的写照。

注释

- **“暗淡”句：**指桂花颜色淡黄，体态轻盈，如恬静的少女般，明丽动人。
- **“画阑”句：**画栏边开放的桂花冠绝中秋所有的花木。画阑，亦作“画栏”，指有画饰的栏杆。化用唐·李贺《金铜仙人辞汉歌》诗：“画栏桂树悬秋香，三十六宫土花碧。”借此称赞桂树是中秋时节最佳的花木。
- **“骚人”二句：**意谓屈原在作品中多涉及草木，却未采录桂花。何事，为何。骚人，指屈原。可煞，疑问词，可是。

◎忆王孙

湖上风来波浩渺，秋已暮、红稀香少。水光山色与人亲，说不尽、无穷好。

莲子已成荷叶老，清露洗、蘋花汀草。眠沙鸥鹭不回头，似也恨、人归早。

题解

陈祖美《中国诗苑英华》认为，此词当作于易安结婚前后，居于汴京时。这首词为赏秋景之作，表现了词人亲近自然的雅趣。

上片总写秋景。鲜花疏落，香气零散，秋风袅袅的时候，人们总是倍感萧瑟，而在词人看来，秋波粼粼，秋山净爽，似乎与人更为亲近，这种愉悦之感，词人用“说不尽、无穷好”六个字直白地表现出来，使人读来亲切自然。下片具体写秋天湖上的风景。荷花落尽，莲子成形，经过清露洗刷的蘋花汀草，也更觉碧绿可人。最后在词人即将离去的时候，那沙滩上睡眠的水鸟懒得回头，似乎在埋怨游人的无情：如此景致，就这么急着归去吗？全词用拟人手法，描摹自然活泼，体现出词人对秋天、对大自然的热爱。

注释

- **浩渺：**水旷远、辽阔。
- **蘋：**多年生草本植物，茎柔软细长，生于浅水中。
- **汀草：**水岸平地上的草。

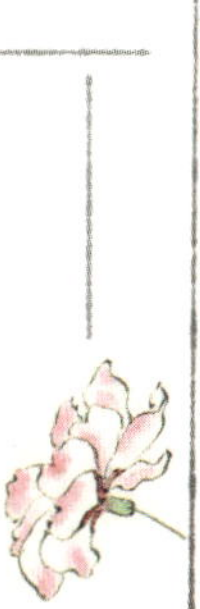

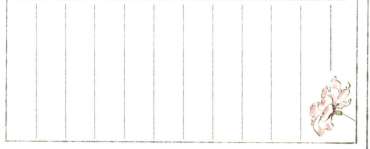

◎如梦令

昨夜雨疏风骤，浓睡不消残酒。试问卷帘人，却道海棠依旧。知否，知否？应是绿肥红瘦。

女麦冬

题解

这首词是易安早期的作品，或作于新婚之后。全词借花朵的凋零及绿叶的浓密，表现出对美好事物逝去的无奈和惋惜之情。词人用“绿肥红瘦”四字概括花稠叶密的情形，用语灵动新颖，广为后人传诵。

自古伤春悲秋是敏感文人的常态。一夜风雨声，使得词人担心盛开的海棠是否还繁盛如初。春光短暂，春花易逝，容易使人想起青春的有限和生命流逝的无奈。词人伴着风声雨声，沉沉入眠。清晨醒来，宿酒未消，但首先想到的就是屋外的海棠花。她小心翼翼地询问：“屋外的海棠花，是否繁盛如初呢？”换来的却是“卷帘人”漫不经心的一句：“依旧是那样。”这样的回答，显然是无法让词人满意的，故而她叹息着说：“你真的知道吗？这样的一场风雨，定是红花已经凋零无数，唯有绿叶愈加稠密了。”“卷帘人”的淡漠恰恰反衬出词人的多情，更深层地表现出抒情女主人公对青春、对生命无情流逝的哀叹。

注释

- **雨疏风骤：** 雨点很稀疏，风声很急促。
- **卷帘人：** 这里指婢女。也有研究者认为，此处指词人的丈夫赵明诚。
- **绿肥红瘦：**“绿”指海棠叶，“红”指海棠花。“肥与瘦”本为形容人的词语，此处运用拟人化的手法来形容花朵之凋零、绿叶之繁茂。

◎浣溪沙

闺情

绣面芙蓉一笑开，斜飞宝鸭衬香腮。眼波才动被人猜。

一面风情深有韵，半笺娇恨寄幽怀。月移花影约重来。

【浣溪沙】

题解

此词作于宋徽宗建中靖国元年（1101）。四印斋本《漱玉词》收录此词，并注：“此尤不类，明明是淑真‘月上柳梢头，人约黄昏后’词意。盖既污淑真，又污易安也。”该词表现了女子灵动、娇羞之态，并期待与情郎相会的心思。

上片点出女孩子的灵动。她俊俏的脸庞和娇艳的荷花一般无二。她手托香腮，看着香炉袅袅上升的香烟，如水的眼眸甫一流转，就已经有人猜测出她的心事。如此寥寥几句，就刻画出一个美丽、可爱、灵动的女孩子的形象。下片则具体点出女孩子怀春的“心思”。她满脸风情，用半是撒娇、半是嗔怪的口吻，给自己的情郎抒写自己的心怀，并约他在“月移花影”的晚上出来相会。该词从整体上看，语言清丽流畅，但主题比较香艳，应是易安早年的仿作，所写主人公未必是自己。

注释

- **“绣面”句：**形容女子的脸庞和荷花一样美丽。芙蓉，荷花。唐·王昌龄《采莲曲》诗：“荷叶罗裙一色裁，芙蓉向脸两边开。乱入池中看不见，闻歌始觉有人来。”
- **斜飞宝鸭：**炉中袅袅的香烟。宝鸭，形似鸭子的香炉。
- **韵：**美丽，标致。
- **笺：**精美的小幅纸张，供题诗、写信等用。
- **“月移”句：**喻情人相会。唐·元稹《莺莺传》中《答张生》：“待月西厢下，迎风户半开。拂墙花影动，疑是玉人来。”

◎减字木兰花

卖花担上，买得一枝春欲放。泪染轻匀，犹带彤霞晓露痕。

怕郎猜道，奴面不如花面好。云鬓斜簪，徒要教郎比并看。

题解

这首词作于建中靖国元年（1101）。时易安十八岁，新婚不久。全词由花及人，表现出少妇的娇痴及新婚之乐。

春花如春信，此时的它刚刚绽放，犹含如泪清露，衬得花瓣仿佛朝霞一般灿烂，那么娇嫩，那么美丽。花的美丽引起了女子的嫉妒。她爱花，也对自己的容颜颇为自信，于是将花插在鬓发上，非要让丈夫评一评，自己和花谁更美。女子的任性娇憨，恰好表现了夫妻间关系的融洽。宋人有簪花的习俗，不光是女子爱在发髻上插花，男子也喜欢。如北宋·欧阳修《浣溪沙》词："白发戴花君莫笑，六幺催拍盏频传。"当然，本词中表达的对花的赏爱，实际上是词人对青春、对生命的热爱。

注释

- **卖花担：** 宋人爱花，故常有挑着担子沿街叫卖鲜花的小贩。宋·孟元老《东京梦华录》：“是月季春，万花烂漫，牡丹、芍药、棣棠、木香，种种上市。卖花者以马头竹篮铺排，歌叫之声，清奇可听。”
- **泪染轻匀：** 指花朵上带着的如泪滴一般晶莹的露珠。
- **奴：** 古时女子常以此自称，此处为词人自称。
- **云鬓斜簪：** 斜着把花插到头发上。云鬓，形容浓黑而柔美的鬓发。
- **徒：** 只，但。
- **郎：** 古时女子对丈夫或心爱男子的称呼。
- **比并：** 比较，相比。

◎点绛唇

寂寞深闺，柔肠一寸愁千缕。惜春春去，几点催花雨。倚遍阑干，只是无情绪。人何处？连天芳树，望断归来路。

题解

这首词当作于词人新婚之后，表达了她对丈夫的深深期盼和无尽思念。

新婚的甜蜜很快便随着丈夫外出做官，而化作无尽的忧愁。此后易安只能独守空闺，忍受苦闷无聊。上片用对比手法。柔肠虽短，而离愁无限。眼看着风雨对花朵的摧残，正如流光对青春的消磨一般无情。下片写登高远眺，望眼欲穿的情态。百无聊赖之际，词人凭栏远眺，盼望着丈夫回来，而骋望的目光偏又被重重的树木遮挡，那外出归来的路总是难以尽览。全词景中含情，情中寓景，表现了词人对丈夫的深深思念及内心难以言表的凄苦之情。

注释

- **催花雨：** 指春雨。
- **阑干：** 栏杆。
- **情绪：** 心情，心境。
- **人：** 喻指易安的丈夫赵明诚。
- **“望断”句：** 一眼无法望尽归来之路。唐·柳宗元《登柳州城楼寄漳汀封连四州刺史》诗：“岭树重遮千里目，江流曲似九回肠。”

◎怨王孙

帝里春晚，重门深院。草绿阶前，暮天雁断。楼上远信谁传？恨绵绵。

多情自是多沾惹，难拚舍，又是寒食也。秋千巷陌人静，皎月初斜，浸梨花。

题解

这首词作于宋徽宗崇宁二年（1103）。当时赵明诚外出做官，李清照独居汴京，内心苦闷无聊，唯有用词传恨。全词用清丽的笔调，表现了夜深人静、万籁俱寂，词人仍月下徘徊，无心睡眠之时，对丈夫的绵绵思念。

上片写景。前两句点出时间、地点。暮春之际，汴京官宦人家的深宅大院里，阶前绿草依依，天边已经没有大雁飞过。古人有飞雁传书的说法，因为无雁，故曰“远信谁传”，徒留下无穷惆怅。下片抒情。“多情自是多沾惹”，感情细腻的人，总是缠绵悱恻，难以割舍离情，尤其是在这寒食节的晚上。巷陌里寂静无声，唯有天上一轮斜月映照着满怀思念的词人，伴着被月光浸透的洁白梨花，分外清冷。由视觉引起触觉上的感受，这就是文学修辞上所谓的“通感”。因此，此时虽是暮春时令，却使人感到阵阵凉意，这实际上是词人对自身凄凉处境的深刻体会。

注释

- **帝里：** 指北宋都城汴京（今河南开封）。唐·李百药《赋得魏都》诗：“帝里三方盛，王庭万国来。”
- **暮天雁断：** 日暮时分没有大雁飞过。
- **拚（pàn）舍：** 割舍。
- **浸：** 映照。这里指梨花被月光完全笼罩的样子。

◎一剪梅

红藕香残玉簟秋，轻解罗裳，独上兰舟。云中谁寄锦书来，雁字回时，月满西楼。

花自飘零水自流，一种相思，两处闲愁。此情无计可消除，才下眉头，却上心头。

题解

这首词是易安名作，当作于崇宁二年（1103），时赵明诚外出做官，易安独居无聊，用清丽之句传达出缠绵之思。

上片写秋残之状及词人期盼之切。“红藕”“玉簟”，属句中对，再加上后句中的“罗裳”“兰舟”“锦书”“西楼”等古典文学中的常见意象，使得本词极富韵味。荷花凋零，时节渐入深秋，独居的苦楚使词人倍感凄凉。她独驾兰舟，以此遣闷，更在内心盼着丈夫早寄书信回来。她猜测，明月的清辉洒满西楼之时，就是丈夫书信寄到之日。下片描摹思妇之心理。落花流水之间，多少时光就在这样无奈的等待中白白消磨了。但词人相信丈夫也是念着自己的，于是“一种相思，两处闲愁”，使人更觉二人伉俪情深。以己之思揣测对方之思，更见出思之深、思之切。“此情无计可消除，才下眉头，却上心头”三句，生动地表现了愁思之深广及难以排遣的无奈，虽是化用北宋范仲淹《御街行·秋日怀旧》中“都来此事，眉间心上，无计相回避”三句，但较之前作更为传神灵动，故成为后世广为传诵的名句。

注释

- **藕：** 指荷花。
- **玉簟（diàn）秋：** 因为时令已到秋天，故睡在竹席上已经感觉不适。玉簟，席子的美称。
- **兰舟：** 舟的美称。
- **锦书：** 特指妻子写给丈夫的书信。据《晋书·列女传·窦涛妻苏氏》记载，窦滔的妻子苏蕙擅长文学创作，曾为远行的丈夫织锦作八百四十字的回文旋图诗，婉转循环皆可读，内容凄婉。
- **雁字回时：** 大雁属于候鸟，秋天由北向南飞。群雁在飞行时常排成“一”或“人”字形，故称“雁字”。古人以大雁传书信，词人以此代指丈夫书信回传。
- **月满西楼：** 古人常登楼望月以怀人，此处即取此意。

◎玉楼春

红梅

红酥肯放琼苞碎，探着南枝开遍未？不知蕴藉几多时，但见包藏无限意。

道人憔悴春窗底，闲损阑干愁不倚。要来小酌便来休，未必明朝风不起。

题解

这首词作于崇宁三年（1104）。这一年，朝廷重定党籍，将元祐、元符年间活跃在政坛上的一批旧党人物定为“党人”，并刻名于石上，以为惩戒。清照父李格非名在“余官”第二十六人，亦属惩戒之列。全词借梅花难开易落，繁华难久，隐晦地发出对党争激烈、朝不保夕的喟叹。

上片写梅花初绽时的样子。词人爱梅惜梅，她想，梅树大概是不忍心如美玉般的花苞“破碎”，于是迟迟不开。她试着查看南向的梅枝，结果这里的梅花也未全绽开。前面几句揭示出一种矛盾心理：既希望梅花开放，能够芳华常驻；又害怕梅花开放，致使花苞破碎。词人揣测大概梅花的花苞包裹酝酿着无限的情意，故而迟迟不开。读到这里，令人不由得感慨词人用笔之细腻，词情之婉转。下片以拟人的手法刻画出红梅之多情。梅花似乎知道词人身心憔悴，因为烦闷忧愁而没有心绪倚栏赏梅。于是以“梅”之口吻对词人说：趁着我还未凋零，赶紧饮酒赏花吧，否则，难保明天没有狂风将这满树繁花吹落。这既是词人对梅花的爱惜，也是她对繁华难久的慨叹。

注释

- **红酥：** 指红梅娇嫩的花瓣。
- **琼苞碎：** 如玉一般温润娇嫩的花苞绽放。
- **“探着”句：** 探询南枝的花是否都开放了。梅花向南的枝干受阳光照射较多，因此最先开放。
- **蕴藉：** 积聚，含蓄。
- **道人：** 知道有人。
- **闲损：** 闲煞。损，程度副词，犹“煞”“极”。
- **“要来”句：** 要来喝酒赏梅就来吧。
- **“未必”句：** 难保明天不起风（风一起，梅花就凋零得更快了）。

◎小重山

春到长门春草青，江梅些子破，未开匀。碧云笼碾玉成尘，留晚梦，惊破一瓯云。

花影压重门。疏帘铺淡月，好黄昏。二年三度负东君，归来也，着意过今春。

小重山

题解

这首词当作于崇宁五年（1106）春。崇宁二年（1103），诏禁元祐党人子弟居京，李清照父亲李格非属旧党人物，清照被勒离京。崇宁五年春，诏毁“元祐党人碑”，清照得以从原籍返京，前后历时两年，梅开三度。全词借对梅花的赏玩、对春光的珍惜，蕴含了深沉的人生感受。

长门是汉武帝皇后陈阿娇被废后居住的地方，这里喻指词人所居地方的冷清。可这样的地方，也会有春风的光顾，春草的萌芽。梅花零星绽放，只是未曾完全舒展。这时，侍者将碧云状的茶饼碾碎，煮好端上来，一下子使得词人从懵懂中惊醒。下片写词人的感慨。夜越来越深，花影密密地遮住重门，清淡的月光洒满帘幕，这种朦胧的美感，使词人由衷地说了一句“好黄昏”！从崇宁二年离京，到崇宁五年回京，已经三次错过了汴京美好的春夜，故词人说，这次归来一定要好好度过春天。这看似愉悦的语气，实则透露出一丝世事无常、命运多舛的感伤。

注释

- **“春到”句：**借用唐末五代·薛昭蕴《小重山》词：“春到长门春草青，玉阶华露滴，月胧明。”长门，汉代离宫。《三辅黄图》载：“长门宫，离宫，在长安城，孝武陈皇后得幸，颇妒，居长门宫。”
- **些子：**宋时方言，一点儿。
- **破：**开放。
- **“碧云”句：**将碧云状的茶团碾碎。碧云，指茶色。笼，茶炉。玉成尘，宋代的茶叶大都制成团状，饮用时，将茶团先碾碎再进行熬煮，碾碎的过程便称为“玉成尘”。
- **一瓯云：**一盏茶。云，形容茶的颜色。唐·韩偓《己巳年正月十二日自沙县抵邵武军将谋抚信之行到才一夕为闽相急脚相召却请赴沙县郊外泊船偶成一篇》诗：“数盏绿醅桑落酒，一瓯香沫火前茶。”
- **东君：**司春之神。这里指春天。
- **着意：**注意，用心。

◎庆清朝

禁幄低张，彤栏巧护，就中独占残春。容华淡伫，绰约俱见天真。待得群花过后，一番风露晓妆新。妖娆态，妒风笑月，长殢东君。

东城边，南陌上，正日烘池馆，竞走香轮。绮筵散日，谁人可继芳尘？更好明光宫里，几枝先向日边匀。金尊倒，拚了画烛，不管黄昏。

题解

这首词作于崇宁年间（1102—1106），当时易安在汴京。全词以赏芍药为中心，间接写出了当时汴京的繁华。

上片写出芍药的妩媚娇嫩，春风独占。先是正面描写：它的生长环境极为高贵，帷幕紧围，栏杆环绕，别的花已经凋零了，唯有它仍在春风中绽放容颜。它素淡安静，娇柔中现出自然纯真。等到群花凋零后，它经过春风雨露的滋润，更显出独特的风韵。它的姿容，居然可以引起春风的嫉妒、明月的微笑，令东君（司春之神）不舍离去。这又是从侧面描写芍药的美好。

下片写汴京仕女赏花的盛况。无论东城还是南陌，在被太阳照得暖烘烘的水榭楼台，游人竞相乘车前来赏花，并借卉宴饮。但词人又不无担心：酒席散后，谁又可以继芍药之后成为人们观赏的对象呢？以此点出芍药花的独一无二。还有一些花被带进皇宫，供皇帝及嫔妃们观赏。这是借用李白的《清平调》："名花倾国两相欢，常得君王带笑看。解释春风无限恨，沉香亭北倚阑干。"词人劝大家，趁着花期还在，赶紧在花下一醉，不要管时间是否已近黄昏，哪怕点燃蜡烛，也要纵情取乐。实际上是从侧面描写芍药花的美丽及词人对它的珍爱之情。

注释

- **禁幄：**密张的帷幕。
- **容华淡伫：**容貌素淡。
- **绰约：**柔婉美好貌。
- **晓妆：**晨妆。谓清晨芍药开花时的盛况。
- **妒风笑月：**（芍药的妩媚）被春风嫉妒，被春月喜爱。
- **殢：**纠缠。唐·李山甫《柳》：“强扶柔态酒难醒，殢着春风别有情。”
- **烘：**映照。
- **香轮：**车轮。因车轮碾过花瓣，沾惹上花香，故名。
- **绮筵：**盛宴。
- **明光宫：**汉宫名，这里代指汴京皇宫。
- **日边：**指帝王左右。

◎行香子

草际鸣蛩，惊落梧桐，正人间天上愁浓。云阶月地，
关锁千重。纵浮槎来，浮槎去，不相逢。

星桥鹊驾，经年才见，想离情别恨难穷。牵牛织女，
莫是离中？甚霎儿晴，霎儿雨，霎儿风。

题解

该词作于崇宁五年（1106）秋。全词就七夕之际牛郎织女的故事展开联想，写出了他们相爱而不得见的悲苦，以及匆匆一见又被迫分开的无奈，想象奇特，语言尖新，使人对牛郎、织女的爱情悲剧充满同情。

上片写七夕见闻。草间的蟋蟀鸣叫，惊落了梧桐树叶。一个“惊”字，点出了时令转换的迅疾，使人来不及反应，触动了词人的悲愁情绪。这是传统的七夕节，故云“人间天上愁浓”。下面五句，点出“愁浓”的原因。天上以云为阶，以月为地，关卡重重。即便凡人真能乘着传说中的“浮槎”来去，估计相逢也难。下片写词人七夕所感。牛郎织女通过鹊桥相会，一年只能一见，这是多么的无奈和伤感！他们有多少离愁别绪？词人灵心善感，将七夕这一天忽晴忽雨忽风的天气，解释为牛郎织女的乍喜乍悲，读来别有韵致。

注释

- **蛩（qióng）：** 蟋蟀。
- **云阶月地：** 指天上以云为阶，以月为地。
- **浮槎：** 传说中来往于海上和天河之间的木筏。据晋·张华《博物志》记载，有奇人住在海上，年年乘着建有亭台楼阁的木筏来来去去，可达天宫、至天河，这种木筏便被称为“浮槎”。
- **星桥：** 喜鹊造起来的桥，供牛郎织女相会之用，亦名“鹊桥”。
- **甚：** 领字，含有“正”的意思。
- **霎儿：** 一会儿。

◎青玉案

一年春事都来几，早过了，三之二。绿暗红嫣浑可事。绿杨庭院，暖风帘幕，有个人憔悴。

买花载酒长安市，争似家山见桃李？不枉东风吹客泪。相思难表，梦魂无据，唯有归来是。

题解

四印斋本收录此词，认为是无名氏作；《李清照集笺注》则认为是易安所作，此处保留。这首词作于大观二年（1108）二三月间，其时赵明诚、李清照夫妇屏居青州故里。全词以乐景写哀情，词人看到丈夫在美好的春光中满腹惆怅，形容憔悴，不由得宽慰丈夫，家乡风光亦不输京城。

上片写伤春使人憔悴。春日苦短，眼看已过去大半，但花木蓊郁，还是勉强可为一观的。庭院里绿树环绕，帘幕上暖风吹拂，不能不说是良辰美景，但偏偏有人对着如此景致，仍然形神憔悴，这是为何呢？下片因而宽慰愁人。“买花载酒长安市”，虽然畅快，但红尘滚滚，喧嚣太甚，总不及归隐家乡，欣赏桃李更为愉悦。这实际上是词人在劝慰丈夫家乡风光不输京城，并且既已归来，便也不用再在春暖花开之季怀念家乡了。最后三句点出乡愁的难解：这是最难表达的一种情愫，我们常常梦回故乡，梦醒却是惘然；现在我们终于回来了，这才是正确的选择。这里的言外之意是：我们回到故乡，同赏春光，再无乡愁，何尝不是一件美事？词人用清丽的语言，娓娓道来，以宽慰失意的丈夫，也见出易安的达观胸襟。

注释

- **春事：** 春色，春意。
- **都来：** 算来。
- **三之二：** 宋时方言，三分之二。
- **浑可事：** 都是小事。浑，都。可事，宋时方言，小事。
- **长安：** 指北宋都城汴京。
- **争似：** 怎么比得上。
- **家山：** 家乡。

◎多丽

咏白菊

小楼寒，夜长帘幕低垂。恨萧萧、无情风雨，夜来揉损琼肌。也不似、贵妃醉脸，也不似、孙寿愁眉。韩令偷香，徐娘傅粉，莫将比拟未新奇。细看取，屈平陶令，风韵正相宜。微风起，清芬蕴藉，不减酴醾。

渐秋阑、雪清玉瘦，向人无限依依。似愁凝、汉皋解佩，似泪洒、纨扇题诗。明月清风，浓烟暗雨，天教憔悴度芳姿。纵爱惜，不知从此，留得几多时。人情好，何须更忆，泽畔东篱。

题解

此词作于宋徽宗大观元年（1107），当时易安正屏居青州。全词运用一系列典故，对白菊的品行给予赞美，托物言志，借吟咏白菊表现出自己高洁的人格和超迈的襟抱。

上片写白菊经过一夜风雨的侵袭，略显憔悴，似在怨恨风雨的无情，竟将它美丽的花瓣打落。接着，词人连用四个典故，将白菊与人作比，它已不似丰腴的贵妃，亦不像娇媚的孙寿。或许是词人觉得把白菊比作古代的美人，实在略显俗气，于是又说那韩寿偷香、徐娘傅粉都不如此花新奇，或许只有屈原和陶渊明才能配得上它的神气韵味。易安用古代最为高洁的两个士人比拟白菊，这是对白菊的内在精神给予极高评价。也正是具有如此风致的白菊，清风一起，便清香阵阵，远胜过荼蘼花。下片写即将凋零时的白菊。秋日将尽之时，它的冰肌玉骨愈显清瘦，却并不愿这么早就香消玉殒。词人接着又用两个典故表现这种不舍，正如得佩失佩的郑交甫，又如遭受冷落的班婕妤。在明月与清风中，伴着烟雨蒙蒙，白菊逐渐枯萎下去。“纵爱惜，不知从此，留得几多时”一句，婉转地传递出词人惜花、爱花的心情，更是对美好生命逝去的无可奈何。尾句依然用屈原和陶渊明的典故，告诉赏菊、爱菊的人们，只要心中有菊，菊的精神就会长存，譬如屈原、陶渊明，他们何曾被人忘记过?

注释

- **揉损琼肌：** 谓风雨摧残了白菊的花瓣。
- **孙寿愁眉：**《后汉书》卷六四《梁统传》：“（梁冀妻）孙寿，色美而善为妖态，作愁眉、啼妆、堕马髻、折腰步、龋齿笑，以为媚惑。”
- **韩令偷香：** 晋国的韩寿容颜俊美，在贾充幕下为官，充女爱慕其人，遂相私会，并将奇香赠予韩寿。后贾充知觉，将女许于韩寿。
- **徐娘：** 指南朝梁元帝萧绎妃徐昭佩。《南史》卷十二《后妃下》：“徐娘虽老，犹尚多情。”
- **傅粉：** 搽粉。徐娘有“半面妆”典故，此处指新奇的妆容。《世说新语·容止》：“何平叔（晏）美姿仪，面至白。魏明帝疑其傅粉，正夏月，与热汤饼，既啖，大汗出。以朱衣自拭，色转皎然。”
- **屈平陶令：** 指屈原和陶渊明。屈原，名平，故称屈平。陶渊明曾任彭泽县令，故称陶令。

- **蕴藉：** 含蓄而不显露。
- **酴醾：** 丛生灌木，夏初开化，色白。
- **秋阑：** 秋天将尽。
- **汉皋解佩：** 周郑交甫至汉皋台，遇两女解佩相赠之典故。后世以此喻男女心生爱慕，互相赠予信物。《太平御览》卷八百三引“《列仙传》曰：‘郑交甫将往楚，道之汉皋台下，见二女，佩两珠，大如荆鸡卵。交甫与之言，曰：“欲子之佩。”二女解与之。既行返顾，二女不见，佩亦失矣。’”
- **纨扇题诗：** 典故出自“班姬题扇”。女官班婕妤为汉成帝宠幸，后因赵飞燕之谗言而失宠，于是作《纨扇诗》表达哀思，后人则以汉乐府无名氏之作《怨歌行》附为其诗，曰：“新裂齐纨素，皎洁如霜雪。裁为合欢扇，团团似明月。出入君怀袖，动摇微风发。常恐秋节至，凉飙夺炎热。弃捐箧笥中，恩情中道绝。”后世借此表现女子被抛弃的哀怨。
- **“天教”句：** 上天将憔悴给予白菊。度，给予，授予。
- **泽畔东篱：** 对应上文屈平、陶令，指屈原和陶渊明。战国·屈原《渔父》：“屈原既放，游于江潭，行吟泽畔，颜色憔悴，形容枯槁。”晋·陶渊明《饮酒》诗：“采菊东篱下，悠然见南山。”

◎新荷叶

薄露初零，长宵共、永昼分停。绕水楼台，高耸万丈蓬瀛。芝兰为寿，相辉映、簪笏盈庭。花柔玉净，捧觞别有娉婷。

鹤瘦松青，精神与、秋月争明。德行文章，素驰日下声名。东山高蹈，虽卿相、不足为荣。安石须起，要苏天下苍生。

题解

四印斋本未收此词，明钞本《诗渊》收录该词，署名李易安，故补入。这首词作于大观二年（1108），是李清照为晁补之所作之寿词，时补之五十六岁。晁补之为“苏门四学士”之一，与清照父格非交往颇深。此词对其德行、文章给予肯定，并希望其能担当天下重任，拯救受苦百姓，表达了李清照爱国爱民的心愿。

上片点出寿宴的喜庆热闹。主人的生日，正是秋分时候。晁府亭台楼阁，雅致宜人，仿佛人间仙境。晁家诸子弟、亲戚故交均是一时人杰，纷纷前来贺寿。就连侍奉的婢女，也宛若神仙中人。词人用生动的笔调，描绘了一幅热闹的寿宴图。下片写晁补之的功名事业。虽然年近耳顺，但他神气极佳，松鹤精神，并且文章、德行驰名京城。最后是对晁补之的期待：虽然现在隐居乡园，但期待他像当年的谢安一样，东山再起，拯救天下苍生。

贺寿词一般多揄扬之语，但这首词在揄扬之余，又对晁补之的功名事业寄予期望，表现出一股昂扬奋发之气。

注释

- **薄露初零：**稀薄的秋露初降的时候。
- **分停：**即“停分”，平分的意思。寿主生日恰值秋分之际，这时昼夜平分，各占十二小时。
- **蓬瀛：**神话传说中海上仙山蓬莱、瀛洲。这里指寿主所居之地。
- **芝兰：**喻寿主之佳子弟。《世说新语·言语》：“谢太傅问诸子侄：‘子弟亦何预人事，而正欲使其佳？’诸人莫有言者，车骑答曰：‘譬如芝兰玉树，欲使其生于阶庭耳。’”
- **簪笏（zān hù）盈庭：**官员们站满了庭堂。古代官员上朝，带笏板与笔，记事时书写于笏板上，无事则手执笏板，将笔插于冠上。这里的意思是，亲戚朋友中多是为官的。
- **娉婷：**姿态美妙。这里指侍奉的婢女们。
- **秋月争明：**喻人之风神清朗。
- **日下：**古人喻皇帝为日头，帝所居之地为日下，即京城。
- **东山高蹈：**远远隐居于东山之上。东山，在今浙江上虞区西南，东晋时谢安曾隐居于此。这里将晁补之比作谢安。
- **安石：**东晋谢安，字安石。这里代指晁补之。
- **苏：**拯救。

◎浣溪沙

小院闲窗春色深，重帘未卷影沉沉。倚楼无语理瑶琴。

远岫出云催薄暮，细风吹雨弄轻阴。梨花欲谢恐难禁。

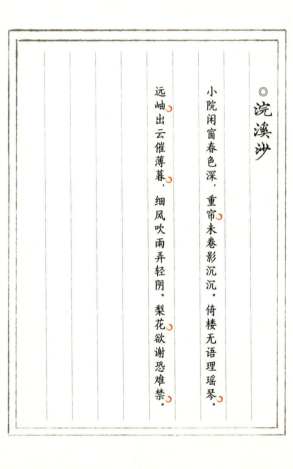

题解

这首词约作于大观年间（1107—1110），是易安早期作品，全词用清丽的笔调表现了少妇的苦闷和孤寂。

上片点出时令及少妇的孤独。小小院落，春色已晚，重帘不卷，伴着她伶俜的身影。“闲”的当然不是窗户，而是百无聊赖的词人。她满腹惆怅，却无人可说，只能将哀怨诉诸瑶琴。弹琴抒怀，在古诗中常见。因而此时虽然无语，实则传达出欲语还休的微妙心思。下片点出时光的推移及春花的凋零。远处白云出岫，又到了黄昏时候，在轻风细雨的抚弄下，美丽的梨花恐怕就要无可奈何地凋谢了。花谢花飞，喻示着美好事物的流逝与青春的不再，这就更牵动了她无奈和多情的心思。全词借景抒情，含蓄地表达了女子的哀怨与伤感，这种哀伤更多的是表达对岁月变迁、青春易逝的无奈。

注释

- **重帘：** 层层的帘幕。
- **瑶琴：** 琴的美称。
- **远岫：** 远山。化用“窗中列远岫”（南朝齐·谢朓《郡内高斋闲望答吕法曹》）和“云无心以出岫，鸟倦飞而知还”（晋·陶渊明《归去来兮辞》）句。
- **薄暮：** 傍晚，太阳快落山之时。
- **梨花：** 古人常用梨花的凋零来描写闺情。唐·刘方平《春怨》诗：“纱窗日落渐黄昏，金屋无人见泪痕。寂寞空庭春欲晚，梨花满地不开门。”
- **禁：** 经得起。

◎又

髻子伤春慵更梳，晚风庭院落梅初。淡云来往月疏疏。

玉鸭熏炉闲瑞脑，朱樱斗帐掩流苏。遗犀还解辟寒无？

题解

这首词约作于宋徽宗政和年间（1111—1118），是时易安屏居青州。岁月无情，年华老大，面对春光的流逝，词人不由得生出淡淡的忧伤。

全词开篇就出语不俗。明明是词人伤春，偏说“髻子伤春”。词人忧愁难抑，竟连发髻都懒得梳理。为何伤春至此？伴着晚风，庭院里梅花始谢，韶光落幕，怎不教人伤春、惜春、怜春；而此时偏偏浮云浅淡，月光朦胧，实在令人不快。下片视线由庭院回到室内：这时瑞脑香已燃尽，玉鸭熏炉“闲”着，给人阵阵寒意；而朱红丝缕的小帐被垂下来的流苏遮掩着，这一切都表明夜已深，时已晚，女主人准备就寝了。但她又有点怕冷，故担忧地问道：这犀角真的能够驱寒吗？实际上，仍是表达词人闺中的闲愁和独居的清冷。

注释

- **髻子：** 发髻。
- **疏疏：** 形容月光疏落、时有时无的景象。
- **玉鸭熏炉：** 瓷制的香炉，形似鸭子。唐·李商隐《促漏》诗："睡鸭香炉换夕熏。"
- **闲瑞脑：** 没有点燃瑞脑香。
- **朱樱斗帐：** 朱红色的帷帐。斗帐，形如覆斗之小帐。
- **流苏：** 用彩色羽毛或丝线等制成的穗状垂饰物。常饰于车马、帷帐等物上。
- **遗犀：** 指帐上的犀角，用来镇帷，使不因风而动，且有辟寒意。宋·苏轼《四时词》："夜风摇动镇帷犀。"
- **辟寒：** 驱除寒气。

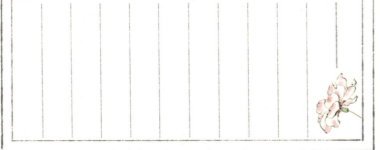

◎木兰花令

沉水香消人悄悄，楼上朝来寒料峭。春生南浦水微波，
雪满东山风未扫。
金樽莫诉连壶倒，卷起重帘留晚照。为君欲去更凭栏，
人意不如山色好。

题解

四印斋本未录此词，明钞本《天机余锦》收此词，故补入。该词作于宋徽宗政和六年（1116），赵明诚于是年二三月间，离开青州，独留易安一人。全词表现了词人孤寂无聊的心境及对丈夫的嗔怪。

上片写景。沉香燃尽，默默无语，点出闺中寂寞，且春寒袭人，更使人感到清冷。下句“南浦”一词，暗喻丈夫离去。春天已到，春水荡漾，然而山头的雪尚未消融，好似春风不曾吹到此处。下片抒情。词人的形象再次与饮酒联系起来。她要在这和煦的春光中尽情畅饮，并卷起重重的帘子把将斜的春日留住。最后点出她对丈夫的埋怨，她独自凭栏远眺，心里面满是嗔怪：我的深情款款，还不如湖光山色，否则，为何你执意要离开我呢？这一问，把独守空闺的女子之哀怨委婉曲折地传达出来，真的是词之“当行本色”，非女词人不能道也。

注释

- **悄悄**（qiǎo）：忧虑的样子。《诗经·邶风·柏舟》：“忧心悄悄，愠于群小。”
- **“春生”句：**出自南朝梁·江淹《别赋》：“春草碧色，春水渌波，送君南浦，伤如之何！”暗喻丈夫离去，内心惆怅。
- **“金樽”句：**劝酒之辞，意谓不要抱怨倒酒太多。唐末五代·韦庄《菩萨蛮五首》其四词：“须愁春漏短，莫诉金杯满。”
- **“卷起”句：**谓好好珍惜夫妻相聚的时光。语出宋·宋祁《玉楼春·春景》词：“为君持酒劝斜阳，且向花间留晚照。”
- **“人意”句：**谓自己的深情留不住丈夫，还不如山色可恋，有嗔怪丈夫之意。

◎醉花阴

薄雾浓云愁永昼，瑞脑销金兽。佳节又重阳，玉枕纱厨，半夜凉初透。

东篱把酒黄昏后，有暗香盈袖。莫道不销魂，帘卷西风，人比黄花瘦。

题解

此词作于宋徽宗宣和三年（1121），时明诚出守莱州，而清照居青州。全词通过写重阳佳节的无聊苦闷，表达出对丈夫的思念之深，尤其是“人比黄花瘦”一句，比喻贴切，很好地表现了词人因为怀人念远而日渐消瘦的样子，成为千古传诵的名句。

上片通过环境描写，来反衬闺中的苦闷。外面的天气阴沉沉的，薄雾不散，天云厚重，词人的心情亦是如此，而白昼也因此显得无比漫长。炉中的香料早已燃尽，愈发显得寂寥。这一天刚好是重阳佳节，词人晚上入眠，所用纱帐玉枕都是夏日所用之物，于是一番清冷凉彻身心。而这阵阵袭来的凉意，提醒着人们时令的转换，也诉说着词人对旧日的不舍。其实词人更想传达的是自己独守空闺的冷清。下片由赏菊到怜己。“东篱”暗寓词人的高洁可与陶渊明一比，并且此时词人的衣袖已遍染菊花的清香。这里又暗用《古诗十九首》（庭中有奇树）中“馨香盈怀袖，路远莫致之”语，明写雅趣，实为怀人。最后词人点出自己因怀念丈夫而消瘦的样子，比眼前黄色的菊花还要瘦。出语尖新，使人既惊叹其锦心绣口，又同情其苦闷孤寂。

注释

- **永昼：** 漫长的白天。
- **金兽：** 由金属制成的兽形香炉。
- **重阳：** 即农历九月初九。魏晋以后，人们习惯于此日登高游宴。唐·杜甫《九日五首》其一诗：“重阳独酌杯中酒，抱病起登江上台。”
- **纱厨：** 纱帐。室内张施用以隔层或避蚊。
- **暗香盈袖：** 菊花的香气充满了衣袖。暗香表明香气不浓烈，如此仍能让衣袖香气满盈，故而显出词人独自饮酒赏花时间之久。
- **销魂：** 极其哀愁。南朝梁·江淹《别赋》：“黯然销魂者，唯别而已矣。”
- **人比黄花瘦：** 此处词人将“黄花”拟人化，借黄花之瘦，联想到饱受相思的自己亦日渐消瘦，伤感之至。黄花，菊花。

◎蝶恋花

暖雨晴风初破冻，柳眼梅腮，已觉春心动。酒意诗情谁与共？泪融残粉花钿重。

乍试夹衫金缕缝，山枕斜欹，枕损钗头凤。独抱浓愁无好梦，夜阑犹剪灯花弄。

题解

这首词作于宣和三年（1121）春。全词用灵动的笔调，细腻柔婉地传达出闺中女子的孤寂。

上片写春天生命的萌发。词人用“柳眼梅腮”四字，顿使人感觉到初春时节生命萌动的娇态，这是一种难以压抑的活泼和灵动。如此春意盎然的时节，本该纵情饮酒赋诗，但因无人相伴，只得独自感伤落泪。清泪打湿了脸庞，消融了脂粉，甚至连头上的花钿都显得那么沉重。词人内心的苦闷，在一扬一抑中传达出来。下片则从词人自己的装扮写起。她换上轻薄的夹衫，沉沉睡去，醒来时发现竟连凤钗也没有除掉。最后直接抒发自己的苦闷无聊，她梦里也不曾梦到丈夫，于是无心睡眠，夜深了还在剪着灯花。通过这些动作描写，传递出女子难以压抑的愁思。

注释

- **柳眼梅腮：** 刚萌芽的柳叶和含苞未放的梅花。柳眼，柳叶初生时形状似眼，故称。梅腮，指梅花待放之苞，美如妇女之颊，故称。
- **春心：** 春景所引发的意兴或情怀。
- **夹衫：** 有里有面的双层衣服。
- **攲（qī）：** 通“倚”，斜倚，斜靠。
- **钗头凤：** 即凤钗，钗头形状似凤。
- **夜阑：** 夜深。
- **灯花：** 灯芯余烬结成的花形。相传灯花为喜事的预兆。

◎念奴娇

萧条庭院，又斜风细雨，重门须闭。宠柳娇花寒食近，种种恼人天气。险韵诗成，扶头酒醒，别是闲滋味。征鸿过尽，万千心事难寄。

楼上几日春寒，帘垂四面，玉阑干慵倚。被冷香消新梦觉，不许愁人不起。清露晨流，新桐初引，多少游春意。日高烟敛，更看今日晴未？

题解

这首词作于宣和三年（1121）。全词表达了词人的孤寂之感和思念之情。

上片总写初春天气和无聊的心绪。院子本来就人迹罕至，又加上“斜风细雨”，无法出行，只好关上大门，一个“须”字将多少无奈道尽。然而春光毕竟遮不住，眼看寒食将近，柳枝依依，春花灼灼，词人不由得想去踏春，但天气偏偏“恼人”，于是只能饮酒赋诗以作消遣。但易醉的酒已醒，险韵的诗已成，依旧百无聊赖，饮酒、赋诗并不能使词人真正解脱烦闷。她想给丈夫写信，却又千言万语，不知从何说起。下片进一步写天气不佳，词人慵懒的心情。因为春寒料峭，帘幕高悬，她不愿意下楼，但春寒又无法使她安然入睡，“不许愁人不起”，只能被迫起来。这时候，她发现春天的气息还是悄然而至，花瓣滴下晶莹的晨露，梧桐正绽开新叶，使人在苦闷无聊中寻觅到一丝生命的蓬勃和欣喜。“清露晨流，新桐初引”，全用《世说新语》之句，却恰到好处，臻于化境，显出了词人极高的遣词造句之功。

注释

- **斜风细雨：** 形容风雨小。唐 · 张志和《渔歌子》：“青箬笠，绿蓑衣，斜风细雨不须归。”
- **宠柳娇花：** 形容春天花柳的明媚。
- **恼人天气：** 让人烦闷的天气。这里指阴雨天。
- **险韵：** 平水韵中，按照韵部所辖字数的多寡，可以把韵分为宽韵、中韵、窄韵、险韵四类。险韵指其中所辖字数极少的韵部。
- **扶头酒：** 使人易醉的酒。宋 · 贺铸《南歌子》：“易醉扶头酒，难逢敌手棋。”
- **征鸿：** 北归的大雁。
- **觉：** 惊觉，清醒。
- **“清露”句：** 清露在晨光中闪耀，梧桐初吐嫩芽。《世说新语 · 赏誉》：“王恭始与王建武甚有情……恭尝行散至京口射堂，于时清露晨流，新桐初引。”
- **烟敛：** 雾气消散。
- **未：** 同否，表示询问。

◎凤凰台上忆吹箫

香冷金猊，被翻红浪，起来慵自梳头。任宝奁尘满，日上帘钩。生怕离怀别苦，多少事、欲说还休。新来瘦，非干病酒，不是悲秋。

休休！这回去也，千万遍《阳关》，也则难留。念武陵人远，烟锁秦楼。唯有楼前流水，应念我、终日凝眸。凝眸处，从今又添，一段新愁。

题解

该词当作于宣和三年（1121）秋。全词语言婉转，情思真挚，展现出女词人内心柔婉细腻的感情世界，是典型的闺中思妇之情。

词之上片直接描写自己独居闺中的苦闷无聊。金炉中的香料早已燃尽，冷冷清清，女主人也懒得起床，只是把被子踢来踢去。好不容易起来了，也无精打采地梳着头。这几句，反用温庭筠《菩萨蛮》意："小山重叠金明灭，鬓云欲度香腮雪。懒起画蛾眉，弄妆梳洗迟。"她懒得梳妆打扮，任凭化妆盒子积满灰尘。紧接着，词人用一系列的口语直抒胸臆，却又欲直还曲，"非干""不是"表达出闺中女子难以言说的复杂情绪。下片用典故表现出思念之深。丈夫一去，奏再多《阳关》曲也无用了，"休休"两字，点出词人的无奈和哀怨。"武陵人"用陶渊明典，指丈夫离开时日渐多，只剩自己独守空闺。只有门前的流水，与她静静相对。流水本来是无情的，这时反倒显得比离人更加多情。但这种相视无语，也只给词人添了"一段新愁"。看来，流水还是不能真正给她带来精神上的慰藉。结尾余韵悠长，令人回味不尽。

注释

- **金猊：**形状似狮子的香炉。
- **慵自梳头：**化用《诗经·卫风·伯兮》：“自伯之东，首如飞蓬。岂无膏沐？谁适为容？”比喻丈夫离开后，自己无心梳妆打扮。
- **宝奁：**装饰华丽的梳妆匣。
- **非干病酒：**并不是喝酒太多所致。
- **《阳关》：**古曲《阳关三叠》的省称，以唐·王维《送元二使安西》诗为主要歌词，唐人盛唱。亦泛指离别时唱的歌曲。
- **武陵人：**用东晋·陶渊明《桃花源记》武陵渔人事，喻指明诚离乡远去。
- **秦楼：**秦穆公为其女弄玉所建之楼，亦名“凤台”。相传弄玉好乐，萧史善吹箫作凤鸣，秦穆公以弄玉妻之，为之筑凤台。二人吹箫，凤凰来集，后乘凤，飞升而去。

◎ 蝶恋花

昌乐馆寄姊妹

泪湿罗衣脂粉满。四叠《阳关》，唱到千千遍。人道山长山又断，萧萧微雨闻孤馆。

惜别伤离方寸乱。忘了临行，酒盏深和浅。若有音书凭过雁，东莱不似蓬莱远。

题解

这首词作于宣和三年（1121）八月间。当时赵明诚知莱州，接清照团聚；她由青州至莱州途中，寄宿在昌乐馆，给姊妹们写下这首词。全词用白描手法，语浅情深，表现了姊妹之间的深情。

上片写送别的场景。词人尽管对丈夫思念至切，盼着与其早日团聚，但一旦远离故乡，与姊妹分别，则同样心绪不佳，乃至涕下沾襟。词人用了一个“满”字，写出对姊妹的情深。那《阳关》曲不过四叠，却在此时好似唱不完，实在不忍离去。人们都说山长，可山也有断的地方，而离情呢，却是“剪不断”的。尤其是一个人寄宿在昌乐馆中听着微雨声，更是难以压抑对姊妹们的思念。这里化用晚唐崔涂《孤雁》诗“几行归去尽，片影独何之。暮雨相呼失，寒塘欲下迟”的意境。真切地表现出词人在驿馆的孤寂。下片是对姊妹们的叮咛。当时，我们饮酒作别，却因伤心，记不得那酒杯的深浅。你们要是思念我，一定要给我寄来书信。东莱这地方，不像蓬莱那么远，寄封书信还是不难的。“东莱”“蓬莱”，一现实地名，一神话地名，互相对举，别有风致，委婉地传达出对姊妹们的思念和期待。

注释

- **四叠《阳关》：** 重复演唱《阳关三叠》。四叠，指重叠演唱。
- **萧萧：** 象声词，此指雨声。
- **孤馆：** 凄清孤寂的驿馆。
- **方寸乱：** 心绪烦乱。
- **凭过雁：** 凭借大雁传递音书。古人有鸿雁传书之说。
- **东莱：** 即莱州，时赵明诚在莱州为官。

◎诉衷情

枕畔闻梅香

夜来沉醉卸妆迟，梅萼插残枝。酒醒熏破春睡，梦远不成归。

人悄悄，月依依，翠帘垂。更挼残蕊，更捻余香，更得些时。

题解

宋钦宗靖康二年（1127），金人掳徽宗、钦宗二帝北去，北宋亡。康王赵构于南京应天府（今河南商丘）即位，改元建炎，是为宋高宗。这年赵明诚任江宁知府。易安于建炎二年（1128）抵江宁。此词约作于建炎二年初春，当时词人和丈夫寄居他乡，对家乡魂萦梦绕，此词借咏梅花表达了词人的愁绪。

上片写出词人带醉沉睡及梦醒的情景。前一日因为沉醉，词人未及卸妆，便睡着了。这一睡，头上插戴的梅花也纷纷落下，空留残枝。在梦中，词人嗅到阵阵清香，这种香气点破了她的清梦，于是她又思念起北方的家乡。家乡太远了，便是梦中也不得归去。下片写词人所处环境的孤寂。人声悄悄，月影朦胧，绣帘低垂，三句渲染出一幅冷清的场景。女词人不由得遐想：如想再挼梅花之残蕊，再捻梅花之余香，就得等到来年了。语言看似平淡，实则惆怅之情溢于言外。

注释

- **夜来：**昨日。
- **“酒醒”句：**意谓梅花的香气使词人从醉酒沉睡中醒来。
- **挼（ruó）：**揉搓，摩挲。
- **捻：**用手指搓或转动。

◎殢人娇

后庭梅花开有感

玉瘦香浓，檀深雪散。今年恨、探梅又晚。江楼楚馆，云闲水远。清昼永、凭栏翠帘低卷。

坐上客来，尊中酒满。歌声共、水流云断。南枝可插，更须频剪。莫直待、西楼数声羌管。

题解

此词当作于建炎二年（1128）春日，时易安抵江宁未久。较之北地，江南梅花无论品种还是花色都更胜一筹，故在与友朋相聚之时，词人常以赏梅为乐，排遣心头之忧。

上片写探梅之迫切及赏梅之地点。梅枝清瘦而香气浓郁，梅花如雪散在深檀色的花枝上。词人去寻梅，发现有些花朵已然凋零，故曰“探梅又晚”。在江边的小楼馆舍里，词人和友朋相聚一堂，伴着天上的白云，远处的流水，一起欣赏梅花。最后一句点出赏梅之状，青翠的帘幕低低卷起，清爽的白昼正长，词人倚着栏杆，和友朋一起赏梅。

下片写出江楼楚馆里宴饮的情形。前两句化用孔融的名句“坐上客常满，樽中酒不空”，豁达洒脱，超凡脱俗。歌声一起，竟引来了天上孤云、远处流水与之相和。最后劝亲朋，趁着梅花还在，多多将其剪下，插在发髻之上，不要等花落了，徒增伤感。言外之意是劝诫人们惜春、爱春，珍惜和平的时光。

注释

- **玉瘦：**梅枝清瘦。
- **檀深：**檀香梅。南宋·范成大《范村梅谱》：“（蜡梅）凡三种……最先开，色深黄，如紫檀，花密香浓，名檀香梅。此品最佳。”
- **探梅：**赏梅。
- **楚馆：**楚地馆舍，也泛指旅社。
- **清昼永：**白天时间很长。
- **“坐上”二句：**《后汉书·郑孔荀列传》：“（融）好士，喜诱益后进。及退闲职，宾客日盈其门。常叹曰：‘坐上客常满，樽中酒不空，吾无忧矣。’”
- **南枝：**向南的梅花花枝最先绽放。
- **羌管：**即羌笛。笛曲中有《梅花落》，故云不要等到梅花落时再来欣赏。

◎蝶恋花

上巳召亲族

永夜厌厌欢意少，空梦长安，认取长安道。为报今年春色好，花光月影宜相照。

随意杯盘虽草草，酒美梅酸，恰称人怀抱。醉莫插花花莫笑，可怜春似人将老。

题解

这首词作于建炎二年（1128）三月三日。李清照甫抵江宁，兵燹之后，惊魂稍定，虽在美好的春光中与亲朋团聚，但对故国的怀念和人世无常的感慨仍常常体现在其词中。

上片写在兵荒马乱之际，召集故旧聚会的原因。自南渡以来，清照与过江诸人都有共同的心绪，那就是“欢意少”，尤其是在漫漫长夜里，一次次梦见东京汴梁的繁华，梦见昔时生活的光景，仿佛又行走在故都的大道上。这种痛心，非经历过亡国之痛的人不能体会。但无论如何，生活总要继续，于是词人召集诸人相聚的意图就明显了：今日春色正好，鲜花明媚，月影斑驳，不可辜负此等美景。下片写出在动荡中赏春的意绪。兵革扰攘之际，没有特别丰盛的食物招待大家，故曰“草草”；但江南的美酒和梅子，又使得这些“北人”觉得爽口。大家痛饮之际，难免会将花插在头上。“插花”是宋代习俗，为何词人劝亲朋不要插花呢？原因就在于它会勾起人的伤感，这种伤感表面上是因为“人将老”，我们都不复青春了，而深层则是表现了词人在即将老去之际却漂泊异乡，故园不再的亡国之痛。

注释

- **厌厌：** 懒倦，无聊。
- **长安：** 汴京。
- **杯盘虽草草：** 饮食简单，不丰盛。
- **称人怀抱：** 符合人们的口味。

◎添字丑奴儿

芭蕉

窗前谁种芭蕉树，阴满中庭。阴满中庭，叶叶心心、舒卷有余情。

伤心枕上三更雨，点滴霖霪。点滴霖霪，愁损北人不惯起来听。

题解

此词作于建炎二年（1128）三四月间，用白描手法表达了词人苦闷烦躁的心情。

初到江南，无论环境气候，还是风土人情，都使词人觉得不适，尤其是梅雨季节的江南，更使人平添了几分压抑。词之上片写芭蕉的形态，这是喜。在初到南方的词人眼里，芭蕉是那么独特。它伸展开硕大的叶子，可以使整个庭院充满阴凉，并且每片绿叶，或舒或卷，都似脉脉含情一般。下片写雨夜词人的心绪，又是悲。南方多雨，尤其是夏季，雨落在芭蕉叶上，又一点一滴落下，这声响搅动着词人并不平静的心情，使她倍感折磨。于是她由衷地感叹道"愁损北人不惯起来听"。一个"损"字，极好地表现了词人听着芭蕉夜雨时的苦痛心情。

注释

- **芭蕉：**多年生草本植物。叶长而宽大，苞片红褐色或紫色。秦岭、淮河以南常栽培供观赏。
- **愁损：**愁极。损，煞，极。

◎青玉案

用黄山谷韵

征鞍不见邯郸路，莫便匆匆归去。秋风萧条何以度？明窗小酌，暗灯清话，最好留连处。

相逢各自伤迟暮，犹把新词诵奇句。盐絮家风人所许。如今憔悴，但余双泪，一似黄梅雨。

题解

这首词作于建炎二年（1128）秋。易安抵江宁后与一些亲旧见面，说起往事，又见国势风雨飘摇，世人四散奔逃，昔日繁华不再。这一切，难免使她感慨唏嘘，以泪洗面。

上片写与朋友相聚的目的。首句用唐传奇《枕中记》故事，说我们多年求仙访道，迄今无成，还是不要急着隐居吧。如今秋风萧瑟，时节如流，你我明窗小酌，说些闲话，正好打发这无聊的时光。下片写出谈话的内容，使人倍加伤感。虽然说的是“清话”，聊的是“新词”，但二人不禁感慨人生迟暮，遥想当年在汴京时，赵李二家，是何等文采风流？而如今只能在江南浅酌低唱，不似从前。这一切，不由得使人伤感万分，泣涕如雨。“黄梅雨”三字，形象贴切地刻画出词人泪水之多之密，既表现出此时江南的气候特征，也展现出词人历尽磨难后的悲凉。

注释

- **邯郸：**地名，即今河北省邯郸市。唐·沈既济《枕中记》载：道士吕翁在邯郸旅舍，与落第书生卢生相遇，卢生感慨富贵难求，人世多舛。吕翁授之以枕，卢生入梦，梦中经几十年富贵穷通，醒来黄粱未熟。遂悟得人生无常，富贵荣华，真如幻梦。这也是成语“黄粱一梦”的出处。
- **盐絮家风：**谓家有文化传统。《世说新语·言语》：“谢太傅（安）寒雪日内集，与儿女讲论文义。俄而雪骤，公欣然曰：‘白雪纷纷何所似？’兄子胡儿（谢朗）曰：‘撒盐空中差可拟。’兄女（谢道韫）曰：‘未若柳絮因风起。’公大笑乐。”
- **黄梅雨：**指江南每年夏初梅子黄熟时持续较长的绵绵细雨。

◎鹧鸪天

寒日萧萧上锁窗，梧桐应恨夜来霜。酒阑更喜团茶苦，梦断偏宜瑞脑香。

秋已尽，日犹长，仲宣怀远更凄凉。不如随分尊前醉，莫负东篱菊蕊黄。

题解

这首词作于建炎二年（1128）重阳节。全词通过写秋景的凄凉、闺中的寂寥，表现出词人对故国和乡土的思念，结尾虽自作宽慰语，实际上仍难以割舍浓浓的家国情怀。

上片写秋天的清冷。秋日的早晨是清冷的，连太阳也透出寒意，梧桐叶上的清霜可以为证。“应恨”二字，将无情的梧桐写得哀怨可感。酒宴将尽，饮一碗团茶，尽管滋味清苦，却正可一解醉意；梦醒之时，合该点一炉瑞脑香，满屋氤氲，使人暂遣乡愁。下片用典故来抒发自己的思乡之苦，却又故作宽慰之词。已经是深秋，为何白昼仍如此漫长？易安就像是东汉末年的王粲，在此登楼念远；而她又不想一直消沉下去，于是又用陶潜的豁达来排遣自己的忧闷：还是饮一场忘忧酒，切莫辜负了赏菊佳期。看似豁达的背后，仍是难以压抑的无奈和悲凉。

注释

- **锁窗：** 雕刻或绘有连环形花饰的窗子。
- **酒阑：** 酒筵将尽。
- **团茶：** 宋代用圆模制成的茶饼。宋太宗太平兴国（976—984）初，用龙凤模特制，专供宫廷饮用。庆历间（1041—1048）蔡襄又制小团茶，以为贡品。宋·欧阳修《归田录》：“茶之品，莫贵于龙凤，谓之‘团茶’，凡八饼重一斤。”
- **仲宣：** 东汉王粲（177—217），字仲宣，山阳郡高平县（今山东微山）人，“建安七子”之一，年轻时即有才名。曾于汉末依荆州刘表避乱，登当阳城楼作《登楼赋》，表达思乡之情。这里引王粲自喻。
- **随分：** 随便。

◎菩萨蛮

归鸿声断残云碧，背窗雪落炉烟直。烛底凤钗明，钗头人胜轻。

角声催晓漏，曙色回牛斗。春意看花难，西风留旧寒。

题解

该词作于建炎三年（1129）正月初七，也就是传统的“人日”。

上片全为状物，看似平静，实则无聊。时令已到春日，大雁北飞，残云依依。但余寒未了，窗外雪花纷然，屋里炉烟袅袅，显出词人心绪的不宁。昏暗的烛光下，凤状的金钗是那么鲜明，钗头上的人形装扮又显得那么轻巧。最后一句点出时间，即“人日”这一天。如此一系列意象的描摹，颇似《花间词》中温庭筠的风格。下片写出环境的冷寂，说明词之写作背景。“角声”点出正是战备期间，词人整夜无法成眠，伴着参横斗转，直到天亮。春意已有几分，但寒冷依旧，故曰“看花难”。

注释

- **归鸿：** 归雁，借以寄托归思之情。
- **背窗：** 烛光暗淡。
- **凤钗：** 凤凰状的金钗。
- **人胜：** 人形的饰物。旧俗于人日用之。南朝梁·宗懔《荆楚岁时记》：“正月七日为人日，以七种菜为羹，剪彩为人，或镂金箔为人，以贴屏风，亦戴之头鬓。”
- **角声：** 军中的号角声。当时的建康城仍处于军备状态，驻扎着大量军队。
- **晓漏：** 拂晓时铜壶滴漏之声。
- **曙色：** 拂晓时的天色。
- **牛斗：** 指牛宿和斗宿。

◎临江仙

欧阳公作《蝶恋花》，有「庭院深深深几许」之语，予酷爱之。用其语作「庭院深深」数阕，其声盖即旧《临江仙》也。

庭院深深深几许？云窗雾阁常扃。柳梢梅萼渐分明，春归秣陵树，人客建康城。

感月吟风多少事，如今老去无成。谁怜憔悴更凋零，试灯无意思，踏雪没心情。

题解

这首词作于建炎三年（1129）春。全词通过异地赏春的无奈，表达了对国家动荡、身世飘零的伤感。

词的上片写初春的景色。深深的庭院里，窗户阁楼却常常紧闭。一个“常”字，点出环境的清冷。柳枝渐绿，梅花将绽，一时春光无限。秣陵树是报春使者，而人呢，估计要在建康城终老了。这实际上是词人在借景感慨，四季轮转，春光依旧，而人却在岁月流逝中逐渐老去，并且是在陌生的地方。下片感慨抒怀。当年词人对春光、对梅柳是多么热爱，对写诗作赋更是殚精竭虑，到而今却是如此境况！憔悴、凋零，表面说的是梅柳，实则是词人年老力衰的自况。“试灯无意思，踏雪没心情”两句，纯用口语，浑然天成，自然地表达了词人在家国破灭后百无聊赖的心境。

注释

- **欧阳公：**北宋著名文学家欧阳修。他曾作《蝶恋花》云："庭院深深深几许？杨柳堆烟，帘幕无重数。玉勒雕鞍游冶处，楼高不见章台路。雨横风狂三月暮，门掩黄昏，无计留春住。泪眼问花花不语，乱红飞过秋千去。"
- **"云窗"句：**被云雾缭绕的房子常常关着。扃（jiōng），关闭。
- **秣陵：**今江苏南京。战国楚置金陵邑，秦时称秣陵。三国吴改秣陵为建业，后又称建邺。西晋时为避愍帝司马邺讳，改名建康。
- **感月吟风：**即在风花雪月的日子里吟诗作赋。
- **试灯：**元宵来临前张灯预赏，称为"试灯"。

◎又

庭院深深深几许？云窗雾阁春迟。为谁憔悴损芳姿？夜来清梦好，应是发南枝。

玉瘦檀轻无限恨，南楼羌管休吹。浓香吹尽又谁知？暖风迟日也，别到杏花肥。

题解

这首词作于建炎三年（1129）年春。全词借咏梅花，表达了词人惜花赏花，对春光逝去、梅花凋零的无奈之情，体现了南渡后词人心态的苦闷和压抑。

上片写梅花的绽放。第一句用欧阳修《蝶恋花》原句，也是对词人所处现实环境的描写。深宅大院，门窗紧闭，已是暮春时节，词人竟浑然不知。而梅花却给深闺之人带来了春的讯息，让她的睡梦都变得美好了些许。下片写梅花的凋零。繁密的梅花已然稀疏，只剩下孤零零的梅枝，故曰“玉瘦檀轻”，这使词人感到无限遗憾。易安词中，对花之“瘦”总是充满了同情和无奈。她希望《梅花落》的曲子不要再吹了，那会使得梅花更易凋零（当然是一种心理作用）。若是这花香散尽，又有谁来怜惜呢？最后三句，看似平淡，实际有着深深的悲凉：梅花盛放时，世人皆爱它的芬芳，而暖风吹拂之时，人们又开始欣赏杏花的繁茂，所以词人希望梅多开些时候，“别到杏花肥”。

注释

- **春迟：** 春暮。
- **玉瘦檀轻：** 形容梅花已经凋零，枝干清瘦，呈浅红色。
- **迟日：** 春日渐长。《诗经·豳风·七月》：“春日迟迟，采蘩祁祁。”

◎满庭芳

残梅

小阁藏春，闲窗锁昼，画堂无限深幽。篆香烧尽，日影下帘钩。手种江梅渐好，又何必、临水登楼。无人到，寂寥浑似，何逊在扬州。从来，知韵胜，难堪雨藉，不耐风揉。更谁家横笛，吹动浓愁？莫恨香消雪减，须信道、扫迹情留。难言处、良宵淡月，疏影尚风流。

题解

这首词作于建炎三年（1129）暮春，其时清照在江宁。这首词为咏残梅之作，借梅花被摧残打击，繁华不再，表现了对美好事物逝去的惋惜和伤感。词人同时也对梅花的风骨给以赞许，即使零落成尘，依然风流蕴藉，精神不减。

上片点出梅花的栽种位置及词人对梅花的赏爱。它身处深幽的庭院中，很少为外人所见。“藏春”“锁昼”，将贵族庭院繁华却冷寂的样子生动地表现出来，顺势引出“无限深幽”四字，表达了词人对这种生活的不满。接着点出写作时间，这是黄昏时候，日影西斜，映在帘钩之上；篆香燃尽，无人再去打理。在这一片沉寂中，词人欣喜地发现，自己亲手栽种的梅花长势渐好，携来了春信，竟无须似往日般，去别处水榭楼台寻梅来赏。这梅花虽不及林逋“疏影横斜水清浅，暗香浮动月黄昏”的感觉，却也别有一番风味。只是这里人迹罕至，只有词人独自欣赏。她将自己比作当年在扬州任上喜欢梅花的何逊。下片主要写“残梅”。梅花再好，也难堪风雨，这是花的命运。不知谁又吹起那支古曲《梅花落》，更令词人倍加惆怅。但使人欣慰的是，梅花虽然开始凋零，“香消雪减”，但枝上依然有花瓣残留，残花在淡月笼罩下，别有一番韵味，也给词人带来几分欣喜。

注释

- **闲窗锁昼：**白天的窗户都锁着。意谓无人赏春。
- **篆香：**盘香，形似篆字。
- **“何逊”句：**南朝梁何逊曾在扬州做官，喜欢当地的梅花，曾作《咏早梅》诗：“兔园标物序，惊时最是梅。衔霜当路发，映雪拟寒开。枝横却月观，花绕凌风台。朝洒长门泣，夕驻临邛杯。应知早飘落，故逐上春来。”
- **韵胜：**高雅。
- **难堪雨藉：**难以承受雨打。
- **横笛：**指笛曲《梅花落》。
- **须信道：**要知道。
- **扫迹：**扫除干净。

◎孤雁儿

世人作梅词，下笔便俗。予试作一篇，乃知前言不妄耳。

藤床纸帐朝眠起，说不尽，无佳思。沉香断续玉炉寒，伴我情怀如水。笛声三弄，梅心惊破，多少春情意。

小风疏雨萧萧地，又催下，千行泪。吹箫人去玉楼空，肠断与谁同倚。一枝折得，人间天上，没个人堪寄。

题解

该词作于建炎三年（1129）。是年八月十八日，赵明诚卒于建康，易安作此词悼念亡夫。全词从日常起居写起，屋内凄凉冷清，屋外梅花盛开，但这一切，都无法引起词人内心的波澜。

上片写早起的冷清。“藤床纸帐”四字，点出词人渡江后的落魄，而“无佳思”更是说明词人内心的凄楚。沉香燃尽，玉炉冰冷，恰如词人冷寂的心。这是传统文学的比兴手法。屋外传来袅袅笛声，吹奏的恰恰是《梅花三弄》，仿佛催着梅蕊的绽放，故曰“梅心惊破”。春日将至，而那共同赏春的人在何方呢？下片通过梅花难寄，表现自己的绝望心境。南方多雨，这潇潇而下的细雨恰似词人的眼泪。“千行泪”形容泪水之多，为何泪水多呢？原因就在于“吹箫人去”。这里用萧史弄玉典，意谓丈夫已经故去，从此再无知己相陪了。全词蕴含了物是人非的悲痛，但同时词人又以极大的克制，用“一枝折得，人间天上，没个人堪寄”作结，给读者绵绵不尽的回味，令人对词人那颗伤痛欲绝的心感同身受。

注释

- **藤床：**用藤竹编成的床。
- **纸帐：**用藤皮茧纸缝制的帐子，纸上画以梅花等花卉，亦称梅花纸帐。
- **无佳思：**没有心情。
- **情怀如水：**心情冷漠，如水一样平淡。
- **笛声三弄：**指古笛曲《梅花三弄》。
- **破：**绽放。
- **吹箫人去：**指赵明诚去世。这里以萧史喻赵明诚。
- **“一枝”句：**南朝宋·陆凯《与范晔诗》：“折梅逢驿使，寄与陇头人。江南无所有，聊赠一枝春。”此处反用其意。

◎摊破浣溪沙

病起萧萧两鬓华，卧看残月上窗纱。豆蔻连梢煎熟水，莫分茶。

枕上诗书闲处好，门前风景雨来佳。终日向人多蕴藉，木犀花。

题解

这首词作于建炎三年（1129）八月丈夫赵明诚去世后，词人孤寂之余悟出许多人生况味，关于风景，关于读书，于是在寂寞中，沉淀出一种别样的美。正如词人笔下的桂花那样——“何须浅碧轻红色，自是花中第一流”。

上片写词人卧病之情形。多日卧病，起来发现白发增添了不少，窗纱外，看见的是一轮“残月”，暗示着人生的不完整。“熟水”是宋人消夏的一种饮料，用豆蔻煮制而成。有“熟水”足矣，就不用分茶了。实际上，宋人对饮茶极为讲究，易安亦不例外，她也说过自己“当年、曾胜赏，生香薰袖，活火分茶”（《转调满庭芳》），而现在则是“莫分茶”，看似平淡的语气，实际上反映的是词人心绪的无聊。下片写词人病中之感悟。枕边的诗书，需要静心细细琢磨，心浮气躁的时候，是悟不出它们的好处的。这也是告诉世人一种读书的方式。正如门前的风景，偏要雨时来赏，方是一番风味。尤其是此时的桂花，更见风致，更显精神。这也是易安在历尽磨难之后，对人生的一种新的感悟。

注释

- **华：** 白发。
- **豆蔻：** 又名草果。多年生草本植物。高丈许，秋季结实。种子可入药，产自岭南。
- **熟水：** 宋人常用饮料，用植物或其果实作原料煎泡而成。《事林广记·造熟水法》载：“夏月，凡造熟水，先倾百煎衮（滚）汤在瓶器内，然后将所用之物投入。密封瓶口，则香倍矣。若以汤泡之，则不甚香。”
- **分茶：** 宋元时煎茶之法。注汤后用箸搅茶乳，使汤水波纹幻变成种种形状。
- **木犀花：** 桂花。

◎忆秦娥

临高阁，乱山平野烟光薄。烟光薄，栖鸦归后，暮天闻角。

断香残酒情怀恶。西风催衬梧桐落。梧桐落，又还秋色，又还寂寞。

题解

这首词当作于建炎三年（1129）深秋。当时局势并不平静，而明诚又遽然辞世，这使得词人触景伤情，在萧瑟的秋景下，词人的心情低落到了极点。

上片写登高远望之所见。在高阁上远眺，远处是山形交错、旷然平原以及若有若无的稀薄烟光。黄昏时分，乌鸦归巢，又传来军号的声音，暗喻局势并不平静。下片写独自饮酒之无聊。虽有酒可饮，但已无花可赏，故曰“情怀恶”。只有秋风频催之下，纷纷飘落的梧桐叶。处处是秋色，处处是寂寞。这种秋景的萧瑟，在词人笔下得到了展现，更是诗人孤寂心境的体现。

注释

- **角：**军号声。
- **情怀恶：**心情不佳。
- **催衬：**催赶。

◎南歌子

天上星河转，人间帘幕垂。凉生枕簟泪痕滋。起解罗衣，聊问夜何其？

翠贴莲蓬小，金销藕叶稀。旧时天气旧时衣，只有情怀不似旧家时。

题解

这首词当作于建炎三年（1129）秋。全词由季节推移想到人生迟暮，表现了易安晚景的凄凉落寞。

上片写彻夜难眠。天上物换星移，转眼秋节又至，人们为了避寒，已经挂上了厚厚的帘子。“天上”“人间”二词互举。竹簟凉意渐生，致使词人辗转反侧，难以入睡，泪水浸湿了枕头。于是她起身询问，现在是什么时候了，天怎么还不亮？下片触物伤怀，由旧衣想起了旧事。她翻出了旧时的罗衣，时光流逝，衣上装饰的翠绿莲蓬似乎变小了，金线缝制的荷叶颜色也黯淡下来。一件过去的衣服，不由得让词人想起曾经的生活、逝去的亲人。物是人非，情怀难觅，种种难以言说的滋味都通过最后三句表现出来，让人咀嚼回味，久久难以释怀。正如叶嘉莹先生所论：“她是写国破家亡，她是写沧桑的感慨，但是她不用慷慨激昂的调子来写她的悲慨，她用非常女性的语言来写她的悲慨”。

注释

- **星河：**银河。
- **枕簟：**枕头和竹席。
- **滋：**浸染。
- **夜何其：**夜已经到了什么时候？《诗经·小雅·庭燎》：“夜如何其？夜未央。”
- **“翠贴”二句：**谓因为年代已长，衣服上绣制的莲蓬似乎也变小了，缝制的荷叶也已经褪色。
- **旧家：**从前。宋代惯语。

梧桐更兼细雨，
到黄昏、点点滴滴。

李清照词·下卷

天接云涛连晓雾，星河欲转千帆舞

下面我们要看的是李清照的一首表现了特殊风格的名作《渔家傲》(天接云涛连晓雾)。我们说这首词表现了一种特殊风格，主要是因为在唐宋词中，一般说来其所写的景物情事大多是现实中之所实有者，而这首词整体来看，却表现有一种非现实的理想之意味。先看上半阕:“天接云涛连晓雾，星河欲转千帆舞。仿佛梦魂归帝所。闻天语，殷勤问我归何处。”以前王国维在《人间词话》中曾经提出过“造境”与“写境”之说，谓“有造境，有写境，此理想与写实二派之所由分”。又说，“然二者颇难分别，因大诗人所造之境必合乎自然，所写之境亦必邻于理想故也”。李清照此数句词中的“闻天语”及“归帝所”等叙写，其景物情事自非现实中之所能实有，而且其所谓“帝所”，自应是指天帝所居之所，而所

"闻"之"天语"是"殷勤问我归何处",则正是对人生终极之归宿与意义的一种反思。所以私意以为李清照此词,实大有象喻之意味。

本来早在二十世纪八十年代,当我撰写《灵溪词说正续编》中《论秦观词》一文时,曾提出过"写实"与"象喻"之说,以为少游的一首极为著名的《踏莎行》(雾天楼台),其开端所写的"雾失楼台,月迷津渡,桃源望断无寻处"诸句,是已经"进入了一种含有丰富象征意义的幻想中之境界了",并且说"这在小词的发展演进中,实在是一件极值得注意的开拓和成就"。不过若以李清照此词之上半阕与秦观《踏莎行》词之开端数句相比较,则李词之意境较秦词之意境实更可注意。盖以秦词所写的"雾失""月迷",既失去了高远之期望,又失去了津渡之出路的悲哀,还可以说是一种由现实生活之失落所产生的悲哀。

因为秦观少怀大志,早年应举不第,曾一度意志消沉,其后得苏轼等友人之勉励,于元丰八年登第。次年哲宗即位,宣仁皇太后用事,苏轼等友人荐之于朝,曾与黄庭坚等人同任国史院编修官,而未几宣仁太后薨,秦观遂与苏轼等人同被贬出。秦观先贬处州，又贬郴州，其《踏莎行》词，就是贬郴州后的作品。我在此处之所以琐琐叙写秦观之生平，其目的盖在说明李清照此《渔家傲》一词与秦观《踏莎行》一词，其象喻性的根本差别之所在，以及此种差别与性别文化之关系。盖以若就人生之目的及其价值与意义而言，男性文化原来早就对自己所追寻之目的做好了一种安排。修、齐、治、平，当然是现世所追求的理想目标，除此现世的目标以外，他们还为自己的身后安排了一种立德、立功、立言的不朽的理想。而无论是现世的目标或身后的不朽，就女子而言则是全然被屏除在外的。而也正因为此种区别，所以一般而言，男子在其失意之中所写的理想落空的悲哀，往往都是属于现世的事功无成的悲慨；至于一般女子则大多以持家事亲、相夫教子为人生唯一的意义，而极少有人想到个人一己之生命的意义与价值。但李清照这首词，却写出了一个有才慧的好胜争强的女子在生命面临终尽之时对于自己之生命的终极价值与意义的最后的究诘与反思。

此词开端两句“天接云涛连晓雾，星河欲转千帆舞”，真是写得高远广阔，气象万千。若问此一景象之为实为虚，则就其下面所写的“归帝所”“闻天语”等非现实之情事而言，固应是虚拟的象喻之景象，而且以“梦魂”为言，所以亦有写梦境之可能。但我们在前面叙写李清照遭难后的生活时，原曾引述过她的《金石录后序》中的自叙，她曾经因为要追随行朝而“雇舟入海”，此词开端所写，及下半阕的“蓬舟”之形象，当然也可能是她行舟海上时所见到的一些实景。

不过王国维说得好，“大诗人所造之境必合乎自然，所写之境亦必邻于理想”。李清照既曾经有过行舟海上的生活体验，则当其欲表达自己的某种理想时，自然可以取之于现实生活体验之所得，将之转化为非现实之理想的喻象。

不过，李氏此词佳处之所在，还不仅只是在于其所象喻的对人生究诘之追问为向来唐宋词中所未曾有而已，而且更在其所表现之意境有一种极为寥阔而高远之气象。首句“天接云涛连晓雾”，一开端便显示了一种从天上直到人间的一片无际的混茫。在此天地混茫之中，自然可以使人引生无限的遐思。天上布满了如波涛般的云影，在云影流移之际，那一条横亘于高空上的星河自然就随之有了一种流转之势。至于“千帆舞”则似乎有两种可能：其一是天上流移的白云在飘过星河之际本可以有如“千帆舞”的可能；其二是地面上的许多船，在迷茫之海雾中，亦可以使人有“千帆舞”的想象。在此两种可能中，我比较倾向于两者的结合，因为此词前半阕之意象固全在天上，但李清照所乘之舟船，则固应本在人间也。而下一句的“仿佛梦魂归帝所”，则正是将天上之云帆与地上之舟船相结合起来的词人之一种想象。仿佛自己所乘之舟船，亦随天上飞舞转动的云帆一起飞入了高空中的天帝之所了。于是乃有下一句的“闻天语”，表面上写的是我仿佛听见了天帝之询问，其实正表现了我想要向天帝究问的一种情怀。屈原岂不是就曾将其所有欲向天究问的困惑总结之曰“天问”吗？于是，李清照最后郑重地写出了天帝之问语曰：“殷勤问我归何处。”而这正是作者对人生终极之目的与意义的一种郑重的反思，所以形容此一大问曰“殷勤问”。

昔况周颐之论晏几道词，曾对其《阮郎归》（天边金掌露成霜）中的“殷勤理旧狂”一句极致赞赏，就正因为“殷勤”二字原蕴含有无限郑重关怀之意。李清照此处写天帝之问而曰“殷勤问”，亦足可见此一问之关系重大而并非等闲矣。那就正因为其所欲究诘者，固原为作者本人内心中之最大的困惑，而此一困惑则正是作者对自我生命之价值与意义的最后究诘。

以上前半阕既然从天地混茫的追寻中提出了对我之终“归何处”的大问，所以下半阕李清照努力尝试着要对此人生大问做出反省和答复。首先曰：“我报路长嗟日暮。”是作者首先反思自己一生之经历，其“路长”二字，表面似只说路途之长，但若就个人一生言，则当指自我生命之经历。据前引李清照《金石录后序》开端所云，“余建中辛巳始归赵氏”，又在篇末言“余自少陆机作赋之二年，至过蘧瑗知非之两岁，三十四年之间，忧患得失，何其多也”，而在篇末则署云“绍兴二年”，以此上推，李清照应生于宋神宗元丰七年甲子（1084），卒年不详。若就其作品之可系年者考之，则据周密《浩然斋雅谈》卷上曾载云，“李易安绍兴癸亥在行都，有亲联为内命妇者，因端午进帖子”云云，知其在高宗绍兴十三年（1143）依然健在，当时应年六十岁。又据陆游之《渭南文集》卷三十五所载《夫人孙氏墓志铭》曾记叙云："故赵建康明诚之配李氏，以文辞名家，欲以其学传夫人。时夫人始十余岁，谢不可，曰：'才藻非女子事也。'"据陆氏铭文，此一位孙夫人盖卒于光宗绍熙四年（1193），"享年五十有三"，若于此上推四十年，则孙夫人年十三岁时李清照仍在，则李氏享年当已为七十岁之高龄。虽然此一阕《渔家傲》词写作之年代不可确考，但词中既有"路长""日暮"之言，则必为其晚年之作无疑。是所谓"路长"者依本意固当指生命经历之长，而若就李清照之经历国破家亡的种种颠沛流离之苦言之，则此所谓"路长"者，固应亦隐有所经历的患难痛苦之多的含义。而如今"日暮"，是其自知已经来日无多，然则一生遍历此忧患苦难若果无任何意义与价值，岂不弥堪叹息，故曰"嗟日暮"也。若于此而做最后之反思，则李氏固尝以才慧文采过人而自许，故继之乃曰"学诗谩有惊人句"也。曰"惊人句"，足见李清照虽在暮年其争强好胜的自诩之心依然尚在也。但再一深思则立即便会发现，纵然有"惊人"之"句"，又更有何种意义与价值乎？故乃于"有惊人句"四字之前加一"谩"字。"谩"字在诗词中表示一种徒然无益的口气，如周邦彦

《解连环》(怨怀无托)就曾有“谩记得、当日音书，把闲语闲言，待总烧却”之句可以为证。

然则就李清照之反思而言，则是尽管其自诩曾写有“惊人句”，亦复徒然有何意义乎？关于此种对人生终极意义之究诘，在古代并无一种固定的宗教信仰之时，其下焉者固是蒙昧而生蒙昧而死，至于上智者如孔子则是以“尽己”及“反求诸己”为先，故曰：“未知生，焉知死？”又曰：“不怨天，不尤人。下学而上达，知我者其天乎！”陶渊明兼有儒道之修养，故于死生之际能有“聊乘化以归尽，乐夫天命复奚疑”之旷观。

若夫一般才人志士则往往不甘于生命之落空，所以杜甫失意在秦州时，就曾写有“老去才难尽，秋来兴甚长”之句，陆游晚年也曾写有“形骸已与流年老，诗句犹争造物功”之句。至于天才诗人李白则不仅于生命之落空有所不甘，而且甚至以为其天才可以战胜一切，所以在《上李邕》诗中就曾写有“大鹏一日同风起，扶摇直上九万里。假令风歇时下来，犹能簸却沧溟水”之句，其后又写有一首《临路歌》(按李华《墓志》谓太白赋《临终歌》而卒，或以为此诗题“临路”乃“临终”之讹），仍以大鹏自喻，歌辞曰：“大鹏飞兮振八裔，中天摧兮力不济。”其所写的自然是已经自知其“力不济”以后的更深一层的悲哀。但才人李白于此仍有不甘，故乃寄望于后世曰：“余风激兮万世。”但毕竟此生已矣，所以在“后人得之传此”的遥远之期待一句以后，最终还是落到了此生之寂寞哀伤，而结之曰：“仲尼亡兮谁为出涕。”

李清照此一首《渔家傲》词，也同样表现了一个才慧之人在走向人生之终点时，对于生命之终极意义与价值的一种究诘的反思。虽然未能达到如孔子之圣者的知命与达道，也未能像渊明之能有乘化归尽的旷观，但她所表现的既不像杜甫之伤感，也不似放翁之逞气，颇具太白之健笔豪情，但又未落入太白之对现实失败的考量。她是全以想象之笔，在“谩有惊人句”之后，突然翻起，而写下了“九万里风鹏正举。风休住，蓬舟吹取三山去”三句，表现了一片鹏飞高举的飞扬的气势。这种想象和理想，实在已突破了现实中一切性别文化的拘限，而是对普世的人生究诘的反思，做出了一种飞扬的超越。这首词中所表现的境界和美感，是易安词中极可注意的一种特殊的成就。

写到这里，本文既已经对李清照词中具有词之幽隐深微，富含言外意蕴之特美的几种不同类型的代表作品都已分别做了相当的介绍，原本已可以在此告一段落。只是李清照还有另一阕一直腾诵众口，却未免毁誉参半的作品。私意以为其所以毁誉参半，乃是因为一般词评家对于不同性别之作者未能采取不同之标准来加以衡量之故。这一首作品，就是在李清照词中，其美感特质表现得最为女性化的一阕《声声慢》（寻寻觅觅）。现在就让我们把这一首词先抄录下来一看：

寻寻觅觅，冷冷清清，凄凄惨惨戚戚。乍暖还寒时候，最难将息。三杯两盏淡酒，怎敌他、晚来风急。雁过也，正伤心，却是旧时相识。　　满地黄花堆积，憔悴损，如今有谁堪摘。守着窗儿，独自怎生得黑。梧桐更兼细雨，到黄昏、点点滴滴。这次第，怎一个愁字了得。

这一阕《声声慢》，是在易安词中被称述和评说得最多的一篇作品，而其称述和评说的重点则主要盖在其开端所用的十四个叠字。最早的一个称述其叠字之人，乃是宋朝的张端义。张氏在其《贵耳集》中，曾谓其开端所用的十四个叠字："乃公孙大娘舞剑手。本朝非无能词之士，未曾有一下十四叠字者。"又曾称美此词之后半阕云："'梧桐更兼细雨，到黄昏、点点滴滴'又使叠字，俱无斧凿痕。"又称美其"黑"字韵云："'守着窗儿，独自怎生得黑'，'黑'字不许第二人押。妇人中有此文笔，殆间气也。"此外如宋代罗大经之《鹤林玉露》、明代杨慎之《词品》、沈际飞之《草堂诗余·别集》评语、清代沈雄之《古今词话·词品》，及梁绍壬之《两般秋雨庵随笔》等书，对易安此词之连用十四叠字，也都曾大加赞美。而在众口赞誉之中，当然也有人提出过不同的看法。如清代之许昂霄在其《词综偶评》中即曾云："此词颇带伧气，而昔人极口称之，殆不可解。"陈廷焯之《白雨斋词话》亦曾举易安此词开端之十四叠字，而驳宋代张端义之称美，以为："此不过奇笔耳，并非高调。张氏赏之，所见亦浅。"又谓张氏"此论甚陋。十四叠字不过造语奇隽耳，词境深浅，殊不在此。执是以论词，不免魔障"。近人郑骞《词选》论易安此词，曾引周济《介存斋论词杂著》之言，谓"闺秀词惟清照最优，究若无骨"，而加按语云："此论殊未尽然，若脍炙人口之《声声慢》，则真无骨者也。”

关于这首词的评语之所以产生如此分歧的现象，私意以为实在关涉着两方面的问题：其一是语言方面，其二则是接受方面。先谈语言方面的问题。早在1991年，当我撰写《论词学中之困惑与〈花间〉词之女性叙写及其影响》一文时，就曾经引用过西方女性主义学者，如法国的安妮·李赖荷（Annie Leclerc）及英国的特丽·莫艾（或译为莫伊）诸家之说，指出过所谓女性语言与男性语言的差别，而且也提出过所谓语言的性别与作者之性别并无必然之关系的说法。总之，在一般人的观念中，女性之语言乃是柔性的、琐杂的，而男性之语言则是刚性的、有条理的。其实这种将文学语言分别为男女或阴阳两种性质的观念，在中国传统诗评中原来也是早已有之。即如元遗山《论诗绝句》之评秦观的诗，就曾经有过“拈出退之山石句，始知渠是女郎诗”的说法，足可为证。

其后我于2005年撰写《女性语言与女性书写——谈早期词作中的歌伎之词》一文中，又曾引用过两位法国女学者露丝·依丽格瑞（Luce Irigaray）及海伦·西苏（Hélène Cixous）之说，指出过女人话语的特征经常乃是“在一种自我编织的进行中”（in the process of weaving itself），又说：“当我书写，那是写出我自己（written out of me），没有排拒（no exclusion），也没有规约（no stipulalion）。”从这些说法来看，李清照这首词之琐琐详叙自己个人一己之感受，而完全摆脱了男性作者之重视典故出处以及思致和用意的规约，其为属于女性语言与女性书写之作，殆无可疑。

不过李清照虽为女性作者，但其词作中所表现的内容和风格有时却并不必然完全是女性的语言书写。本文前面所曾举引的那首《渔家傲》词就并不是女性的语言书写，可以为证。而这应该也就正是何以郑骞在其《词选》一书中，于论及李清照词时虽曾引用周济之言，谓李氏之《声声慢》词为“真无骨者也”，但却同时也驳斥了周氏的“闺秀词”“究若无骨”之说，以为“此论殊未尽然”，那就正因为李氏词中原来也有着一些属于男性语言书写之作的缘故。所以沈曾植在其《菌阁琐谈》中就曾指出了李氏之双性的特色说：“闺房之秀，固文士之豪也。”同时还指出了李词的两种风格说：“堕情者醉其芬馨，飞想者赏其神骏。”但更值得注意的则是沈氏在后面还加了一句按语说：“易安有灵，后者当许为知己。”私意以为沈氏之所以认为“赏其神骏”者为“知己”，盖正由于“神骏”之作是属于男性的语言书写，而在诗词评赏中，固仍大多以男性之语言书写为主流之故。不过，自然也有一些男性读者对于女性作者的女性语言书写特加赏爱者，所以女性的语言书写应该是使李氏这一首词产生了两歧评价的主要原因之一。

其次就接受方面来看，早期宋代之论词者对于词作大多只是以歌辞之词视之，所以宋代的笔记和词话，其一般内容所涉及者盖不外以下数点。一是相关之本事，如唐圭璋先生论杨湜之《古今词话》就曾指出其大多为“隶事之作”“且侧重冶艳故赏”。有时也兼及词人逸事，如胡仔之《苕溪渔隐丛话》及周密之《浩然斋雅谈》之类。亦有论及音乐及词律者，如王灼之《碧鸡漫志》就曾论及诗与乐府及歌曲之节拍。以迄南宋后期张炎的《词源》一书，其所论之重点亦多为词之乐律及遣词造句等写作之方法。偶有对词之评赏，亦多在其情思与风格，而少有论及词之意境者。所以我们在前文论及李清照之《词论》时，就也曾指出过李氏之论“盖皆就其外表词语所表现之风格为说，而于诸家词之意境，则无一语触及”。不过，也正如本文前面所言，认知词之意境的特美是一件事，而创作上能否达致此种特美则是另一件事。所以李清照在理性上虽然未能真正认知词之意境的特美，但却并无害于她在创作中之留有一些如本文前面所论及的，如其《南歌子》《永遇乐》《渔家傲》等意境深远之作。而且也正因为她在理性上并未曾有意去追求一种意境方面的特美，所以她有时也就纯任自然地以女性之本色留下了一些如《声声慢》等完全属于女性语言书写的作品。

而词学之发展则自明清易代以后，由于时代之激变，使词之内含乃脱离了仅是歌辞之词的狭隘的观念，自陈维崧之提出了词可以有“穴幽出险”“海涵地负”之内容，朱彝尊又提出了词可以“假闺房儿女子之言，通之于《离骚》变雅之义”。于是论词者乃开始注意到了词之意境自有一种深远幽微之特美。其后到了乾嘉时代，乃有常州派之张惠言，正式提出了“其缘情造端，兴于微言以相感动，极命风谣里巷男女哀乐，以道贤人君子幽约怨悱不能自言之情”的说法。以为“盖诗之比兴，变风之义，骚人之歌，则近之矣”。其后又有周济的“夫词非寄托不入，专寄托不出”之说。陈廷焯承常州词派之余绪，而不欲为“寄托”之说所局限，于是乃又创为“沉郁”之说。以为“所谓沉郁者”要“意在笔先，神余言外”，而且以为词体短小，“舍沉郁之外，更无以为词”，盖以词之“篇幅狭小，倘一直说去，不留余地，虽极工巧之致，识者终笑其浅矣”。正因为在接受方面，陈廷焯有了此一种衡量标准，因此乃以为李氏此一首《声声慢》词开端之十四叠字“不过造语奇隽耳，词境深浅，殊不在此”，而且以为张端义“执是以论词，不免魔障”。可见李氏此词之所以产生了两歧的评价，盖正由于在不同之时代，对于此词之接受有了不同的标准之故，此其二。

以上我们对于李氏的这一首《声声慢》词引生了两歧之评价的原因，既已做了相当的探讨，而这种探讨则恰好说明了中国诗词之衡量的传统标准，原是以男性的语言书写为范式的。即以我自己而言，我过去对于李清照这一首《声声慢》词，就并不十分欣赏。而且对于陈廷焯之谓此词“不过造语奇隽耳，词境深浅，殊不在此”之说，曾深加叹美，以为知言。及今思之，才知道我们自己以为公正的评价，原来早已在以男性语言为范式的影响下形成了对女性语言的一种歧视。现在就让我们撇弃这种以男性语言为范式的衡量标准，而纯以女性语言书写之特质，来对这一首词略加评赏：

先看开端十四个叠字，如果从男性语言之基准观之，则此十四个叠字固正如陈廷焯所云，不过“造语奇隽”而已，乃全无深远之意境可言。但如果从女性之语言书写特质来看，则此十四叠字固正有一种“当我书写，那是写出我自己”“没有排拒”“也没有规约”，完全是“在一种自我编织的进行中”的一种全属于女性语言风格的特美。虽然没有深远之意境，但无论在声音方面或感觉方面，这十四个字确实写得极有层次，而且极为细致地传达出了一种女性的凄寒孤寂、完全无依无靠的感觉和感情。

这首词的写作时代，有人以为乃是李氏早期之作，是当赵明诚外出仕宦时李氏的离愁别思之作。但整体来看，则这一首词应该是她丈夫赵明诚亡殁以后之作，殆无可疑。“寻寻觅觅”是对于骤然失落的未能遽信，“冷冷清清”则是对现实环境之果然已经孤寒无托的一种认知。“凄凄惨惨戚戚”六叠字，则是从字音与字义两方面层层深入地写出了自己内心的凄凉惨痛和悲苦，此开端十四字是作者对于自己内心中之感觉与感情的一种层层递进的整体的叙写。以下则开始写到身外的种种现实生活环境。“乍暖还寒时候，最难将息”，是写外在的季节气候之引人伤怀；“三杯两盏淡酒，怎敌他晚来风急”，是写自己虽然做了借酒消愁的排解之努力而此凄寒之感的终不可解；下面的“雁过也，正伤心，却是旧时相识”，则是在写今日之环境中暗含了对往事的追忆。原来早年在她婚后赵明诚出官外地时，她曾写过一首相思怨别的小词《一剪梅》（红藕香残），词中曾有“云中谁寄锦书来，雁字回时，月满西楼”之句，今日鸿雁又从云中飞过，也仍然排做引人相思的雁字，但再也没有对她关爱之人寄来“锦书”了，所以说“正伤心，却是旧时相识”也。而且引起她伤心忆旧的，还不只是“雁过”而已，还有另一件引起她伤心的情事，那就是“满地”“堆积”着的“憔悴损”的“黄花”。这同样也应该是引起她今昔对比之感的另一个令人伤心的景物。因为她早年所写的另一首相思怨别的小词《醉花阴》（薄雾浓云）中，就曾写有“东篱把酒黄昏后，有暗香盈袖。莫道不销魂，帘卷西风，人比黄花瘦”之句，盖以一般而言，女子在悲愁中往往希望能得到所爱之人的关怀和抚慰，李清照在《醉花阴》词中特地拈出“人比黄花瘦”之句，其意固正在欲以自己之憔悴消瘦邀人怜惜，且冀望远人能因此怜惜而早日归来也。而如今斯人既已长逝，更复向何人邀取怜惜者？所以任黄花之“憔悴损”，而更无摘赏之兴致矣。

本来就词之格式言，前面的“雁过也”到“旧时相识”数句，已是前片之结尾，而“满地黄花堆积”数句，则是下片的换头，按一般填词习惯，换头处原应该在承转中略有另外提笔的变化，而清照此词自前片之“雁过”写到下片的“黄花堆积”则并无转折，而只是将当前之景物情事，一口气依次叙写下来，这也应是女性语言书写之自我编织并无排拒和规约的一种现象。至于下面的“守着窗儿，独自怎生得黑”，则正是一口气贯下，直写到守窗独坐唯盼一日之消逝的孤寂无奈之极境，其所表现的已经是对白日之完全无可期待的放弃。而李清照乃更继之以“梧桐更兼细雨，到黄昏、点点滴滴”，既再以叠字与开端之十四叠字相呼应，更从白昼到黄昏直写出此种孤凄寂寞之感的无尽无休。而结之以“这次第，怎一个愁字了得”。前三个字“这次第”是总结全词所历叙的种种情事，自节候之伤怀、遣愁之无计、雁过之伤心、黄花之憔悴，直到黄昏之梧桐雨滴，种种哀感触绪纷来，这诸多感受自然不是一个“愁”字所可简单说尽，而这也就正呼应着开端的十四个叠字，是作者李清照对自己此词开端之所以连下许多叠字之自有其不得已之处的一个交代和说明。

总结前面的论述，我们自可见到，作为一个女性词人，李清照词的成就原是多方面的，既有纯然女性书写之作，如此一首《声声慢》词，也有意境高远飞扬的属于男性风格之作，如前面所举的那一首《渔家傲》词。而更可注意的，则是她还有一些兼有男性与女性之双美的作品，如前面所曾举引的《南歌子》和《永遇乐》之词。前者所寓含的是北宋沦没之后破国亡家的无限今昔沧桑之慨，后者所寓含的则是南宋苟且偏安以后在表面安乐之装点下的一份预愁风雨的忧患之思。如果只就此种内容情思而言，则此种沧桑忧患之慨本当是属于一般男性的情思。我们常在论及性别文化时，指出过在中国历史中有一个源远流长的士文化之传统。“修、齐、治、平”“以天下为己任”，是所有读过圣贤书之士人们的共同理想，而女子不与焉。女子所唯一追求的只是爱情，唯一的愿望只是想将自己交付给一个“可仰望以终身”的“良人”而已。而男子则在家中既可以名正言顺地拥有三妻四妾，外出仕宦时更可以听歌看舞到处留情，这正是何以我们在《良家妇女之不成家数的哀歌》一文中，所举引的女性之词之多为思妇怨妇之情的缘故。

这当然并不代表女性就没有家国之思，只是在性别文化对不同性别之不同文化期待的视野中，女性受到了多方面的限制和约束，使她们不敢也不能存有这种情思，而这也正是何以女性的作品在整体成就上，总显得比男性的作品轻薄而软弱的原因。记得当我开始撰写这篇《从性别与文化谈女性词作美感特质之演进》一文时，曾把《序言》寄给一位友人看过，这位友人曾对我提出说“诗词只有好坏之分，并无男女之分”，斯固然矣。而这原也是我过去一向的想法，所以我过去只评说男性词人，不评说女性词人，我这种选择也自以为并非性别歧视，而是因为在并无男女之分的评量中，男性作品之意境的深厚高远确实为女性作品之所不及的缘故。而女性之作之所以大多不及男性之作，则推其根源所在，我们就不得不承认在性别文化中，女子确实生来就是处于一种不利之地位的，而其诗词之成就当然就受着性别文化之种种的限制和影响。而李清照之词之所以有过人的成就，私意以为就正因为李氏原来生而就潜蕴有一种双重性别之质素。

在本文开端，我们就曾提出说“李清照的出现”，“似乎乃是中国妇女文学史中，第一个具有想要以创作来肯定自己，而且更有着想要与男性作者一争短长之意念的女性作者”。而除去李氏个人本身所具有的这种争强好胜的性格以外，她早年在家庭中所受到的与男性相同的传统的教育，和结婚以后她丈夫对她的才华的尊敬和欣赏，这当然都与她的成就有着密切的关系。何况靖康之变后的国破家亡当然更加深、加阔了她的词作中之内含的意境。凡此种种，自然都是成就了李清照词的双重性别之美感的重要原因。

而在此双重美感的成就之中，私意以为李清照之争强好胜却与近世西方的女性主义者及近世中国的女性革命家两种人物，实在有着几点绝大的差别：其一是西方女性主义者往往有着想要颠覆男性语言的意念，这其实可以说是一个盲点。因为语言自有其普遍的社会性，男性语言的成就原也可以为女性所使用，李清照就是虽有与男性争胜之心却决无将男性语言颠覆之想的一位成功的女词人。而这也正是何以能成就了李氏词之双性美感的一个重要的原因。其二是近世之女性革命家往往因为要在社会地位方面与男子争一日之短长而表现得剑拔弩张。而李清照则只是在创作方面与男子争胜，但在另一方面她却仍和传统的女性一样，要以娇柔美丽来邀取男性的爱宠，这正是何以李氏在早期词作中留有不少小儿女口吻的极为女性之作的缘故。即使在破国亡家以后，当她写到今昔沧桑之慨和忧危念乱之思的时候，纵然这种情思已经是极为男性化的情思，但她的叙写却仍是纯然以女性的感受和笔法出之，这在本文前面所举引的《南歌子》（天上星河转）以及《永遇乐》（落日熔金）两首词中，可以得到明白的印证。这种叙写的方式，当然也与她在《词论》中所提出的“词别是一家”的认知有关，这种观念虽然限制了李氏词作在豪放之风格一方面的发展，但这却也正是何以成就了李氏词之双重美感的另一个重要的原因。

写到这里，我们对于李清照词的评赏和论述本来已可告一段落，但我却还想在此结尾之处，把李清照词之双重性别的特质，与早期《花间》词中男子作闺音的双重性别之作略加比较。私意以为，二者间原有一种明显的差别。《花间》词之双性，是由于男性作者之用女性口吻来叙写女性的情思，而李清照词之双性，则绝非由于女性作者借用男性口吻来叙写男性情思而取得的双性。李清照词之双性，是由于作者本身所具有的一种兼具双美的天性之禀赋的一种自然的呈现。前者的作用主要是作者未必有此意，而可以使读者有言外之想，后者的作用则是由于作者本身的双重的性向，而使得作品呈现出丰富多样之光彩的。两者的作用虽不尽同，但其皆因双性之因素而表现为一种特美的一点，则是相同的。关于此点，我在多年前撰写《论词学中之困惑与〈花间〉词之女性叙写及其影响》一文时，曾经引用过西方女性主义文学论者卡洛琳·郝贝兰（Carolyn G. Heilbrun）的《朝向雌雄同体的认识》（*Toward a Recognition of Androgyny*）一书中的说法，做过相当的探讨，读者可以参看，兹不复赘。

叶嘉莹

◎怨王孙

梦断漏悄，愁浓酒恼。宝枕生寒，翠屏向晓。门外谁扫残红？夜来风。

玉箫声断人何处？春又去，忍把归期负。此情此恨此际，拟托行云，问东君。

题解

这首词当作于建炎三年（1129）赵明诚卒后的暮春。由春天的逝去，百花的凋零，引起词人对世事无常、物是人非的感慨。

上片写眼中之景。梦醒时分，漏壶已经悄然无声；愁意正浓，只能怪酒味不够浓郁。宝枕泛着寒意，令人再也睡不安稳；翠色屏风上，晨曦已微微可见，天就要亮了。从词中推测，昨晚又起了风，散去残花，杳无痕迹，这也意味着春天即将过去。下片抒心中之情。首句用弄玉萧史典故，暗喻丈夫遽归道山，天人两隔。春已去，但斯人未归，又错过了一年美好的春光。“此情此恨此际”，三个“此”字，点出了盼归之情、负春之恨及怨嗟之时。词人将种种复杂的情愫欲托之行云，请它代自己问问春神，春天为何归去得如此匆匆，人生的美好为何如此短暂？最后的一问，既具浪漫色彩，又充满了无奈和悲哀。

注释

- **漏悄：**漏声寂静。漏，古代计时工具，即“漏壶”，利用滴水多寡来计量时间的一种仪器。
- **夜来：**昨日。
- **玉箫声断：**指吹箫人已去，暗喻丈夫离世。

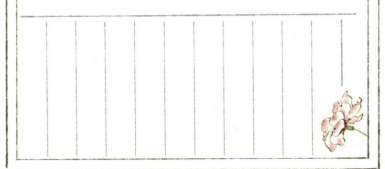

◎渔家傲

天接云涛连晓雾，星河欲转千帆舞。仿佛梦魂归帝所。闻天语，殷勤问我归何处。

我报路长嗟日暮，学诗谩有惊人句。九万里风鹏正举。风休住，蓬舟吹取三山去。

题解

这首词作于建炎四年（1130）春。这一年，李清照沿着宋高宗逃跑的路线来至温州。在极度苦闷和惊悸之余，作了这首词。

上片由现实转入浪漫。这一天晚上，天上云海翻腾，烟霭蒙蒙，银河里仿佛千帆相竞。词人在这种境况下，不由得神游天外，想象自己到了天帝的住所。天帝殷勤地问她：你究竟要归于何处？这实际是词人在回顾自己半生颠沛流离，究竟完成了什么？人生的意义到底何在？下片由想象转入现实。人生漫漫，命途多舛，许多事情还来不及做，人便已经行至暮年。易安自诩甚高，她认为自己作诗填词或有所得，个中佳句亦曾语出惊人，但这又有何用呢？她更希望自己像《庄子·逍遥游》中所描述的鹏鸟一样，冲天而起，乘着大风，飞到海外的三山那里，实现真正的精神自由。

这首词在易安词集中颇显另类，它表现出一种豪放纵横之气。但认真推究，它又与易安一贯的精神气质是相关的，并不突兀。易安有独立的生命意识，她向往自由，追求无拘无束的理想生活，并希望达到与天地精神相往来的自由境界，这种追求和向往都在该词中得到了很好的展现。

注释

- **“天接”句：**是说天上云雾弥漫，和天地融为一体。
- **帝所：**天帝居处。
- **嗟日暮：**感叹时间已到黄昏。
- **“学诗”句：**学诗痛下苦功，也只是徒有惊人之句了。谩，徒然。唐·杜甫《江上值水如海势聊短述》诗：“为人性僻耽佳句，语不惊人死不休。”
- **“九万里”句：**《庄子·逍遥游》：“《谐》之言曰：‘鹏之徙于南冥也，水击三千里，抟扶摇而上者九万里，去以六月息者也。’”
- **三山：**神话传说中的三座仙山，即蓬莱、方丈和瀛洲。

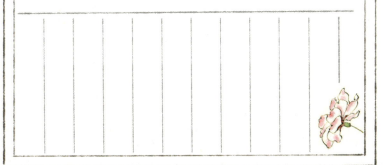

◎菩萨蛮

风柔日薄春犹早，夹衫乍著心情好。睡起觉微寒，梅花鬓上残。

故乡何处是？忘了除非醉。沉水卧时烧，香消酒未消。

题解

这首词作于宋高宗绍兴二年（1132）后，时间当在易安晚年。全词用看似轻快的笔调，传达了作者对故乡的深沉怀念，亡国之悲隐寓其间。

上片写词人惜春爱春之情。春风柔和，春日迟迟，还是早春时候，词人就迫不及待地换上了轻薄春衫，心情也顿时好转起来。只是睡起之时，又感受到了初春的寒意。昨日插的梅花还在鬓上，只是花瓣已经残损了。下片直接点出思乡之情。对故乡的怀念，始终萦绕心头，久久难以释怀。只有酒醉才能暂时忘却这种痛苦。沉水香在入睡前就点上了，而此时“香消酒未消”，说明词人宿酒未消，也表现出词人借酒消愁，只有在酒中，她的悲苦心情才能暂时得到舒缓。

注释

- **乍著**（zhuó）：刚穿上。
- **故乡**：指李清照的家乡济南章丘一带。
- **“香消”句**：香已燃尽，酒尚未醒，实际上表达了愁之深。

◎转调满庭芳

芳草池塘，绿阴庭院，晚晴寒透窗纱。玉钩金锁，管是客来吵。寂寞尊前席上，惟愁海角天涯。能留否？酴醾落尽，犹赖有梨花。

当年、曾胜赏，生香薰袖，活火分茶。极目犹龙骄马，流水轻车。不怕风狂雨骤，恰才称、煮酒残花。如今也，不成怀抱，得似旧时那？

题解

此词为绍兴年间（1131—1162）易安定居杭州所作，时已入晚年。全词借写暮春之际的景象，引起对汴京繁华的追忆，反映了词人晚景的凄凉。

上片写今。芳草生池塘，绿阴遍庭院，据此可知，时令当在春末，但第三句偏偏来了“寒透”二字。其实不是天气寒，而是心境苦闷悲凉，以至虽暖犹寒。玉钩卷珠帘，金锁启重门，一准是有客到访。但词人樽前席上，仍有“寂寞”之感，原因就像《世说新语》中周顗的慨叹：“风景不殊，正自有山河之异。”盖因易安有一颗炽热的爱国心。她身在江南，心却无时不思念着远方的故乡。这种伤感，借写春光的流逝，委婉地表达出来。下片忆往。当年在汴京时，词人也喜欢遍身薰香，喝“活火”熬制的茶，在车水马龙的集市上闲逛，并且一任雨骤风狂，全然不在话下，只是饮酒赏花，淡看花残花尽。颇有苏轼《定风波》的轻狂：“莫听穿林打叶声，何妨吟啸且徐行。”易安居士巾帼不让须眉的豪情再一次得到展现。而如今的她，只有憔悴和伤感如影随形，聚会、饮酒、赏花……当年所有的娱乐活动，在今天的她看来，都觉无聊，一句“得似旧时那”，似问非问，更使人对词人晚境的凄凉产生同情。

注释

- **芳草池塘：** 出自南朝宋·谢灵运《登池上楼》名句“池塘生春草”。
- **玉钩：** 帘钩之美称。
- **管是：** 宋时方言，准是。
- **吵：** 语气词。表示测度、祈使等，略同于“啊”“吧”。
- **生香：** 上等麝香。
- **活火：** 有焰的火，烈火。
- **犹龙骄马：** 南唐·李煜《忆江南》：“还似旧时游上苑，车如流水马如龙。”这里指汴京当年的繁华。
- **那：** 语助词。

◎山花子

揉破黄金万点轻，剪成碧玉叶层层。风度精神如彦辅，太鲜明。

梅蕊重重何俗甚，丁香千结苦粗生。熏透愁人千里梦，却无情。

题解

四印斋本补遗收录此词。当作于绍兴年间（1131—1162），词人定居杭州之时。这是一首咏物词，所咏之物为丹桂，全词从形到神、由表及里地表现了桂花之美，并用反衬手法衬托出桂花的高雅，最后以思乡作结，点明主旨。

上片写出桂花初绽时的明艳。词人用“黄金”来形容桂花的璀璨，又用“碧玉”来渲染其枝叶的茂密，何其传神贴切！除此之外，又用晋人乐广来形容桂花的精神气度，也颇有新意。人们常将花喻人，而易安反其意用之，用人喻花，更显别致。下片是用对比反衬来描摹桂花的美好。梅蕊太过繁密，不够含蓄，在桂花面前显得颇为俗气；丁香千结，总觉太过刺眼，显得粗笨。而桂花的香气，又是那么浓郁，薰透了满怀愁绪之人的梦，使她梦到千里之外的故乡。“却无情”三字，由“赞桂”转入“怨桂”，实际上写出了词人对家乡和故人的思念之情。桂花的无情，正反衬出词人的多情。而多情的词人，面对时境的变化，也只能徒增惆怅罢了。

注释

- **“揉破”句：** 比喻金色桂花初绽时的样子。
- **“剪成”句：** 喻层层树叶如青翠的碧玉。
- **彦辅：** 指晋人乐广（字彦辅）。《晋书》列传云：“广时年八岁，(夏侯)玄常见广在路，因呼与语，还谓方(乐方，广父)曰：‘向见广神姿朗彻，当为名士。’”又《世说新语·品藻》：“刘令言始入洛，见诸名士而叹曰：‘王夷甫太解明，乐彦辅我所敬。’”这里以名士风流喻桂花风度之高洁清朗。
- **鲜明：** 出色，漂亮。
- **“丁香”句：** 指丁香花朵繁富，太过粗糙。苦粗生，苦于粗糙。

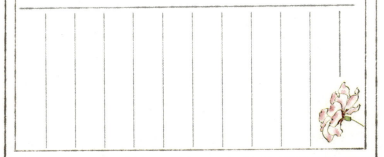

◎好事近

风定落花深，帘外拥红堆雪。长记海棠开后，正伤春时节。

酒阑歌罢玉尊空，青缸暗明灭。魂梦不堪幽怨，更一声啼鴂。

题解

这首词当作于绍兴三年（1133）词人定居杭州前后。全词由伤春写起，表达了词人内心的孤寂伤感，即使梦中也被郁结胸中的愁恨惊起。

上片写海棠凋零，触动词人伤春心绪。首句当受到张先“风不定，人初静，明日落红应满径”词意的启发，风静之后，帘外四处仿佛是拥在一起的海棠花瓣，有红的，有白的……对落红的痛惜，实际上是对美好事物逝去的一种无奈和伤感。故下句说“长记海棠开后，正伤春时节”，海棠花落了，那么春天也就离开了。下片承接上文，写对往事的回忆和今日颓唐老境的伤感。当年的易安居士，对海棠是那么喜爱，她半夜点着青灯，一边饮酒一边唱歌，来欣赏海棠的美丽。这种描写亦有出处，苏轼《海棠》诗云：“东风袅袅泛崇光，香雾空蒙月转廊。只恐夜深花睡去，故烧高烛照红妆。”这是借苏诗来表现词人自己的雅趣。但如今，那种美好的生活一去不返，连做梦都是“幽怨”的。这种梦又被杜鹃惊醒。杜鹃是传统诗词中的常见意象，又称“子归”，其声悲凉，文人多用来形容思家而不得归的意思。春天将尽，而我何时能够归家呢？透过该词的意境，我们似乎能听到女词人绝望的叹息。

注释

- **拥红堆雪：**形容白色和红色的花朵落满了庭院。
- **玉尊：**玉做的酒杯。
- **青缸：**青灯，油灯。
- **啼鴂：**亦作“鹈鴂”，指杜鹃鸟。战国·屈原《离骚》：“恐鹈鴂之先鸣兮，使夫百草为之不芳。”

◎武陵春

风住尘香花已尽，日晚倦梳头。物是人非事事休，欲语泪先流。

闻说双溪春尚好，也拟泛轻舟。只恐双溪舴艋舟，载不动、许多愁。

题解

这首词是绍兴五年（1135）三月春，易安避乱金华时所写。全词一方面表现了丈夫去世后，自己的形容憔悴；另一方面，又用形象的比喻，揭示了自己的愁苦之重。

上片写词人独居深闺的无奈。至晚风歇，好花吹尽，只有泥土平白添了香气。此情此景，词人也倦于梳妆打扮。物虽未改，人却或亡或老，一切皆非。词人想到这里，话还未起，泪已先落，悲哀到了极点！晚年的易安填词更显沉郁之气，总是能用极简之笔传达极深之情。下片写词人没有心绪出去游玩，刚动念头随即终止。那双溪的春光是有名的，词人不由得动了游赏的念头。要知道，词人当年是极爱乘船游玩的，“兴尽晚回舟”“轻解罗裳，独上兰舟”，都是我们熟知的句子。可现在，词人总被忧闷笼罩，终是无心出去。这种愁苦，本不易感知，但词人偏偏用形象的句子告知了读者。这种愁太多太“重”，恐怕这舴艋小舟是不堪承载的。结句设喻生动，化抽象为具体，再次展现出易安过人的才华，不由得令人拍案叫绝。

注释

- **尘香：** 花落在尘土中，使其也沾惹上了香气。
- **倦梳头：** 化用《诗经 · 卫风 · 伯兮》：“自伯之东，首如飞蓬。岂无膏沐？谁适为容。”暗指丈夫去世后，自己倦于梳妆打扮。
- **双溪：** 水名，在今浙江金华市东南。
- **舴艋（zé měng）舟：** 小船。这里以小船的承载能力衬托词人愁绪之浓重。

◎清平乐

年年雪里，常插梅花醉。挼尽梅花无好意，赢得满衣清泪。

今年海角天涯，萧萧两鬓生华。看取晚来风势，故应难看梅花。

题解

这首词作于易安晚年，是时词人孤苦无依。全词通过今昔对比的方式，表现了词人晚景的凄凉及心绪的无聊。

上片忆往。词人当年在汴京的时候，常常爱踏雪赏梅，并将之插入发髻。因为带着醉意，她常常不小心将梅花挼碎，弄得满衣似乎都是梅花的“清泪”。最后一句，真是精彩，真是浪漫，再现了易安在北宋时期的风雅生活。下片写今。晚年流寓南方的词人，已经是两鬓斑白，心境不似当年。再加上夜来风急，词人料想花也早被吹尽了。其实，吹落的何止梅花，还有词人宝贵的年华。这样一阕看似平淡的小词，仔细研读，表达的依然是易安晚年的不幸境遇和家国兴亡之感。

注释

- **海角天涯：**词人晚年主要寓居于杭州。这里的“海角天涯”，更多的是心理上的距离。
- **看取：**观察。

◎声声慢

寻寻觅觅，冷冷清清，凄凄惨惨戚戚。乍暖还寒时候，最难将息。三杯两盏淡酒，怎敌他、晚来风急。雁过也，正伤心，却是旧时相识。

满地黄花堆积，憔悴损，如今有谁堪摘。守着窗儿，独自怎生得黑。梧桐更兼细雨，到黄昏、点点滴滴。这次第，怎一个愁字了得。

题解

这是易安晚年所作，时间当在绍兴年间（1131—1162）。全词用一系列意象，展现出词人晚景的凄凉和难抑的哀伤。尤其是前面十四个叠字，传神地表现出易安晚年家徒四壁、亲人离散的孤苦无依，是历来传诵的名句。

上片刻画词人孤苦伶仃、四处寻觅的样子。晚年的易安居士，百无聊赖，无所寄托。她漫无目的地寻寻觅觅，却不清楚在寻觅什么。只是觉得到处都冷冷清清，更觉凄惨甚至戚苦。从“凄”到“惨”再到“戚”，情感程度层层加深，“戚戚”是最为忧伤的一种。接着，词人点出天气的“乍暖还寒”，使人难以调养。以酒来御寒，却仍敌不过秋风凛冽。抬头仰望，天空中有大雁飞过。词人当年在《一剪梅》中写道：“雁字回时，月满西楼。”这大雁，也许当年在汴京见过，是自己的旧相识吧。如今时光流转，雁还在，人已非，不由得让人痛断肝肠。下片点出词人独坐窗前，百无聊赖的心绪。她看到菊花凋零了，堆成小丘，再无人赏菊摘菊。她已不再有当年“东篱把酒黄昏后，有暗香盈袖”的雅兴了，只是想熬到天黑，尽早睡去。可是，偏偏时间又如此难熬！只能在黄昏时分，静静地听着雨打梧桐，愈加愁苦。“秋雨梧桐”在中国古典诗词中象征着环境的清冷孤寂和怀人的愁绪，与易安此时的心情恰好吻合。最后，词人直接抒发愁情，用浅俗之语，发清新之思，给人极大的心灵震撼。

注释

- **凄凄：** 悲伤，凄惨。
- **惨惨：** 忧闷，忧愁。《诗经 · 小雅 · 正月》：“忧心惨惨，念国之为虐。”
- **戚戚：** 忧惧、忧伤貌。
- **将息：** 养息，休息。
- **怎生：** 犹怎样，如何。
- **次第：** 光景，情况。

◎永遇乐

元宵

落日熔金，暮云合璧，人在何处？染柳烟浓，吹梅笛怨，春意知几许。元宵佳节，融和天气，次第岂无风雨？来相召、香车宝马，谢他酒朋诗侣。

中州盛日，闺门多暇，记得偏重三五。铺翠冠儿，捻金雪柳，簇带争济楚。如今憔悴，风鬟霜鬓，怕见夜间出去。不如向、帘儿底下，听人笑语。

题解

这首词作于绍兴九年（1139）的杭州，词人通过描写元宵节时词人的心理活动，展现了靖康之耻给其带来的巨大创伤及对苟且偷安者的嘲讽，寄寓了深沉的家国之痛。

上片写词人无心游玩，谢绝了同伴的邀请。“落日熔金，暮云合璧”两个对句化用前人诗句，很好地表现了黄昏时的美景。但紧接着一句“人在何处”，使人顿觉兴味无穷。词人岂能不知身在何处，只是如此一说，使人顿觉她的无奈和辛酸。一年又一年，人们似乎已经习惯了在这座风光旖旎的南方城市生活，早已忘记了当年的屈辱，忘却了国仇家恨，“直把杭州作汴州”。江南春早，柳枝依依，梅蕊绽放，春天的意趣有多少呢？这又是一个问句，使人体会到，词人心中并非对春无感，只是不愿出去罢了。故她找了个借口，这样的天气，难保不会下雨呢。以此为借口，她婉拒了乘坐着“香车宝马”邀她游玩的“酒朋诗侣”。不难想象，易安在心里对那些忘却家国之悲，只图苟安逸乐的人，是嗤之以鼻的。

下阕写词人对昔日汴京生活的回忆及对今日处境的伤悼，表达了深沉的故国之思。词人首先回忆起在当年的汴京，仕女们对元宵佳节颇为看重，她们妆容齐整，衣香鬓影，“铺翠冠儿，撚金雪柳，簇带争济楚”三句，勾勒出宋代贵族女子盛装打扮出行的样子。与之形成鲜明对照的是，如今的她，早已不复当年的心境。“风鬟霜鬓”四字，写出饱经沧桑后的词人容颜不再，所以不愿抛头露面，但这其实更多的是词人心境的苍凉。“不如向、帘儿底下，听人笑语”补上一笔，更见词人心绪的悲凉。而那些“笑语”的人，估计有不少还是过江诸人，他们恐怕也是早已忘却了国仇家恨。

注释

- **落日熔金：** 落日之光景就像金子熔化时的颜色一样。唐·刘禹锡《洞庭秋月行》诗：“洞庭秋月生湖心，层波万顷如熔金。”
- **暮云合璧：** 日暮的云彩如碧玉合成一般。南朝梁·江淹《休上人怨别》诗：“日暮碧云合，佳人殊未来。”
- **人在何处：** 这里是设问，是词人对自己命运的一种质问。或云这里的“人”指的是丈夫赵明诚。

- **染柳烟浓：** 柳树越来越繁茂，远望如烟雾笼罩。
- **吹梅笛怨：** 笛曲中有《梅花落》，每吹此曲，似梅花在幽怨。
- **融和：** 和煦，暖和。
- **次第：** 接着，转眼。
- **香车宝马：** 意思是精美的车马。这里指达官贵人所乘之车马。
- **谢：** 拒绝。
- **中州盛日：** 汴京繁盛的时候。汴京所处是古豫州，为九州中心，故称“中州”。
- **三五：** 农历正月十五，即元宵节。
- **铺翠冠儿：** 用翠鸟羽毛装饰的帽子。
- **捻金雪柳：** 宋代妇女在元宵节常用的一种头花。捻金，以金线捻丝用作装饰。
- **簇带：** 头上插戴着许多饰物。
- **济楚：** 整洁漂亮。
- **风鬟霜鬓：** 形容头发散乱花白的样子。唐·李朝威《柳毅传》：“见大王爱女牧羊于野，风鬟雨鬓，所不忍视。”
- **怕见：** 怕得，懒得。

云中谁寄锦书来，雁字回时，月满西楼。

李清照小传

半笺娇恨寄幽怀，月移花影约重来

李清照（1084—1155？），号易安居士，济南人。她与后来的南宋大词人辛弃疾（字幼安）是同乡，又同样在两宋词坛上声名赫赫，故被称为“济南二安”。在词学极盛的两宋，一个地方能出现两位大词人是值得自豪的事。故主盟清初文坛的王士祯说：“仆谓婉约以易安为宗，豪放惟幼安称首，皆吾济南人，难乎为继矣。”

李清照出生于官宦之家，其父李格非乃当时名士，在元祐年间深受苏轼赏识，与廖正一、李禧、董荣被称为“苏门后四学士”。格非为人开明，对李清照的教育是极其认真和严格的，故易安从小接受了很好的教育，这在古代社会是难能可贵的。

童年和少年时期的李清照，生活是幸福的。《如梦令》："常记溪亭日暮，沉醉不知归路。"可以看出她少女时期的活泼和灵动。同时，易安性格好胜，不让须眉，《打马图经序》自叙道："予性喜博，凡所谓博者皆耽之，昼夜每忘寝食。"争议最大的是那篇有名的《词论》，她历数有宋以来的大词人，贬多于褒，引起士大夫的不满。胡仔《苕溪渔隐丛话》谓："易安历评诸公歌词，皆摘其短，无一免者。此论未公，吾不凭也。"

宋徽宗建中靖国元年（1101），清照十八岁，嫁于赵挺之之子赵明诚。其时赵挺之任吏部侍郎，李格非任礼部员外郎。同样的出身，同样的爱好，使这对夫妻琴瑟和谐，他们一起读书、作诗、作文，尤其是在文物字画上，夫妻二人志趣相投。此时的明诚还是太学生，"每朔望谒告出，质衣取半千钱，步入相国寺，市碑文果实归，相对展玩咀嚼，自谓葛天氏之民也"（《金石录后序》）。之后赵明诚为官，常年在外，清照的词大多表现闺中少妇的哀思，这些词也被后世读者赞赏。著名的如《一剪梅》："此情无计可消除，才下眉头，却上心头。"《醉花阴》："莫道不销魂，帘卷西风，人比黄花瘦。"离愁别恨是自《花间集》之后，文人词的常见主题。但前人写来，或失之香艳，或流于浅俗，清照却往往能用通俗之语，传清丽之思，读来意味隽永，令人叹赏。王灼在《碧鸡漫志》中说："若本朝妇人，当推词采第一。"

大观元年（1107），赵挺之罢相，未几，卒。亲旧多遭迫害。赵明诚携清照回到青州老家，屏居乡里十年。虽然政治上失意，但夫妻二人将更多精力投入自己的兴趣爱好。二人一齐搜集古书，进行校勘；观玩书法字画、彝鼎器铭。这一段时期的生活，在《金石录后序》中有详细记载，读来令人动容："余性偶强记，每饭罢，坐归来堂，烹茶，指堆积书史，言某事在某书、某卷、第几叶（页）、第几行，以中否角胜负，为饮茶先后。中即举杯大笑，至茶倾覆怀中，反不得饮而起，甘心老是乡矣。虽处忧患困穷而志不屈。"读书，饮茶，考查彼此对典籍的熟悉程度成为人生乐事，夫妻俩乐此不疲。尽管生活清苦，但清照毫不在意，"乐在声色狗马之上"。

靖康元年（1126），金人攻破东京，徽宗、钦宗二皇帝被俘。次年四月，二帝及皇族、大臣、宫女数千人被掳北去，北宋灭亡。建炎元年（1127）十二月，金人陷青州，清照南奔，载书十五车，过淮渡江，于建炎二年（1128）春抵江宁。剩余的书册十余屋，在金人侵青州时期，全部焚毁。建炎三年（1129）八月，赵明诚病故于建康。之后，清照先后避难逃至洪州、台州、越州等地，在颠沛流离、动荡不安中度过了她的晚年。

“国家不幸诗家幸，赋到沧桑句便工。”这场巨大的变动给清照极大的震撼，也使得她的词风较之前期发生了明显的变化。张端义《贵耳集》谓清照：“南渡以来，常怀京洛旧事，晚年赋……皆以寻常语度入音律。炼句精巧则易，平淡入调者难。”此时，易安词在传统的离愁别怨中，又多了一些故国之痛，词风由清丽转入沉郁。她对投降派充满了鄙夷，曾有句云：“南渡衣冠少王导，北来消息欠刘琨。”感慨时无英雄，致使神州沦丧。《乌江》中又说：“生当作人杰，死亦为鬼雄。至今思项羽，不肯过江东。”对南宋君臣寡廉鲜耻的行径给予讽刺。但这些主题在严防诗词之辨的易安词中，表现得比较含蓄，代表作如《永遇乐》（落日熔金）、《声声慢》（寻寻觅觅），这些词较之前期，无论在情感的深度上还是在艺术的精湛上，均有所突破。清代李调元称其“不徒俯视巾帼，直欲压倒须眉”（《雨村词话》）。沈曾植也说：“易安倜傥有丈夫气，乃闺阁中之苏、辛，非秦、柳也。”清照能成为“闺阁中之苏、辛”的原因，就在于国破家亡的巨大变动给其词风带来的新变，其胸中有丘壑，发之于词，故沉郁厚重。除此之外，沈曾植还拈出“神骏”一词来形容易安词。“神骏”最早用来形容良马姿态雄健，《世说新语·言语》：“支道林常养数匹马。或言：‘道人蓄马不韵。’支曰：‘贫道重其神骏。’”后被用来形容文艺作品的神奇新颖、灵动活泼，沈氏用此词来概括易安词之特质，极为恰当。

在词学观上，李清照坚持词的本体性，强调词的独立地位。首先，她认为词来自乐府，故协律为第一。其次出语要雅致。她批评柳永词“虽协音律，而词语尘下”。再次，词还要有其特点，不能按照写诗的方法去填词，她对“以诗为词”提出批评。宋词史上的大家如晏殊、欧阳修、苏轼等，在易安眼里均算不上“当行本色”。她认为他们“学际天人，作为小歌词，直如酌蠡水于大海，然皆句读不葺之诗尔，又往往不协音律者”。至于王安石和曾巩，“文章似西汉，若作一小歌词，则人必绝倒，不可读也”。在此基础上，清照提出她的词学观，认为“词别是一家”，要有铺叙、多典重、重故实，尤其是要柔婉细腻，协律可歌，符合词体特征。这些观点，都表现在那篇《词论》里。当然，易安不仅提出自己的理论观点，而且以其创作实践了她的理论。

李清照的出现，使得中国古代女性在词坛上占据了重要一席。她独特的词风被称作“易安体”，在男性作者中，她亦不遑多让，被称为“词家一大宗”(《四库全书总目》)。尽管她留存的词作并不多，但以其极高的艺术成就、超迈的人格魅力，千百年之后，仍使后人叹赏其慧心，想象其风采，同情其遭遇。易安不朽。

李宏哲

图书在版编目（CIP）数据

寸心如水月 : 李清照词 / 叶嘉莹主编 ; 李宏哲注
. -- 北京 : 中国友谊出版公司, 2024.1
ISBN 978-7-5057-5746-2

Ⅰ. ①寸… Ⅱ. ①叶… ②李… Ⅲ. ①宋词 - 选集
Ⅳ. ①I222.844

中国国家版本馆CIP数据核字（2023）第214250号

书名 **寸心如水月：李清照词**
作者 叶嘉莹主编　李宏哲注
出版 中国友谊出版公司
发行 中国友谊出版公司
经销 北京时代华语国际传媒股份有限公司　010-83670231
印刷 北京中科印刷有限公司
规格 700 毫米 ×1000 毫米　1/32 开
8.75 印张　134 千字
版次 2024 年 1 月第 1 版
印次 2024 年 1 月第 1 次印刷
书号 ISBN 978-7-5057-5746-2
定价 58.00 元
地址 北京市朝阳区西坝河南里 17 号楼
邮编 100028
电话 （010）64678009

学术支持：内蒙古师范大学中华诗教传承研究中心、
国家通用语言文字普及教育及研究团队